다섯 살 꼰대 리온이

이영탁 동화집

모악

사랑하는 손주들에게

애들아, 노올자!

난 할머니가 되면 너희들과 함께 노는 시간을 상상했었어. 정말 할머니가 되었을 때 무척 기뻤어.

엄마였을 때는 모르는 게 너무 많아서 허둥대고, 당황하고, 우는 날이 많았거든.

너희들 엄마와 아빠를 잘 키우고 싶다는 욕심이 있었어. 하지만 너희들 엄마와 아빠는 공부보다는 놀기를 원했고, 규칙보다는 자유로움을 원했지.

그러다 엄마와 아빠가 무척 아픈 날들이 있었어. 어찌할 바를 몰라 헤맬 때 떠오른 사람이 누군지 아니? 나의 할머니셨어. '우리 할머니라면 지금 어떻게 하실까?'라는 생각이 들었지.

나는 어릴 때 외할머니와 살았어. 앞에는 바다가, 뒤에는 산이 있는 어촌이었어. 나도 어릴 땐 무척 약한 아이였어. 외할머니는 뛰어노는 나를 바라보시면서 '살아있다는 것만으로도 기쁘다.'고 하셨지. 마음껏 뛰어노는 시간을 보내면서 나는 차츰 건강해졌어.

내가 엄마가 되었을 땐 아이들은 공부를 해야 하고, 남들보다 뒤처지면 안 된다는 생각이 강했어. 그랬으니 나도 우리 아이들이 공부만 잘하길 바랐던 거야. 나는 그렇게 자라지 않았는데 말이지.

나는 "옛날, 옛날에…"로 시작하는 외할머니의 이야기를 들으며 상상의 나래를 펴던 시간이 좋았어. 그 시간을 너희에게도 주고 싶어.
외할머니가 들려주는 옛이야기 속에는 숨은그림찾기 놀이가 있었어. 어떤 일은 상상을 하게 했고, 어떤 일은 반성을 하게 했으며, 어떤 말은 가치관이 되었지.

어른들도 너희처럼 아이였던 시절이 있었지.

꿈꾸고 상상하며 마냥 즐거웠던 시절,

지금도 무럭무럭 자라는 어린이들이 기다리는 이곳으로 달려오렴.

옛날 옛날에 나의 할머니가 그랬던 것처럼,

내가 들려주는 옛날이야기 들으러 오렴.

"할머니, 노올자!" 하고 큰 소리로 불러줘.

언제나 기다리고 있을 테니까.

우리 귀여운 손주들이 건강하게 잘 자라길 바라는 할머니가.

2024년 12월

이영탁

차례

아삭이는 풍경에 귀 기울이기

'안녕'하며 찾아온 꿈이 나를 자라게 했죠.

촉촉한 비는 땅 밖의 이야기를 전해주는 신선한 바람과 따뜻한 햇살이 꿈을 담아 보낸 편지였어요. 어느 날, 꿈은 나를 열고 들어와 땅 밖의 세상에 관해 이야기해줬죠.

심장이 쿵쾅쿵쾅, 눈은 커지고 귀는 자랐죠.

흙의 머리가 근질거렸어요. 긁적긁적. 따뜻한 햇볕에 졸음이 막 쏟아지는 멋진 날, 개구쟁이 새싹이 세상에 태어났지요. 바로 저예요.

내가 세상에 태어난 후, 세상은 달라졌어요. 나는 매일 다른 경험을 했지요. 이제부터 내가 처음 만난 친구들 이야기를 들려줄게요.

내가 막 태어나 몸을 비틀며 허리를 곧추세우자 바람이 인사를 했어요.

"안녕? 난 바람이야."

"바람? 안, 안녕. 넌 지금 여기 있어?"

나는 바람을 볼 수가 없어서 고개를 갸웃거렸어요. 나의 질문에 바람이 말했어요.

"나는 볼 수도 있지만 보이지 않기도 해. 네가 힘을 주고 서 있어도 몸이 흔들린다면 그건 나를 만났다는 뜻이야. 그리고 너의 몸과 마음이 좀 단단해지기도 하지. 네가 몸에 힘을 줘봐. 내가 너를 살짝 만져볼게."

바람의 말이 끝나자마자 내 몸이 흔들렸어요. 정말 몸에 힘을 잔뜩 주고 서 있었거든요. 바람이 내 몸을 흔들자 나는 조금씩 자랐어요. 바람이 내게 말했어요. 흔들린다는 건 살아내는 용기라고요. 그렇지만 늘 힘을 주면 위험하다고 했어요. 바람은 나와 함께 놀다가 용기가 필요할 때마다 찾아온다며 떠났어요. 곧이어 햇살이 찾아왔어요.

"안녕?"

"안녕. 나는 새싹이야, 너는 누구야?"

"새싹이라구? 너는 세상에 태어난 지 얼마 되지 않았구나. 내 이름은 햇살이지. 저기 하늘을 봐. 동글동글하고 눈이 부신 건 해님이야. 내가 태어난 곳이지. 만나서 반가워."

햇살은 이제 막 태어난 내 몸을 살며시 안아주었어요. 그러자 내 몸은 따뜻해지고 졸음이 사르르 몰려왔어요.

"세상엔 신기한 일이 너무 많아. 네가 용감하게 모험을 떠날 준비를 한다면 나와 함께 모험을 떠나면 좋겠어. 하지만 넌 한곳에서 지내니까 힘들지도 몰라. 모험을 떠나는 거 말이야."

햇살의 말을 들으며 나도 무언가 중얼거렸는데 생각이 나지 않아요. 하지만 모험은 뭘까 궁금해졌어요. 그렇게 오래오래 햇살이 내 곁에 있었지요. 내 몸도 덩달아 조금 더 자랐다는 걸 알게 됐어요. 나는 햇살과 함께 있는 동안 계속 꾸벅꾸벅 졸았어요. 졸면서도 햇살의 이야기를 들었어요. 하늘을 날아다니는 새와 부지런히 음식을 장만하는 개미와 하늘에 둥둥 떠다니는 구름의 이야기까지. 햇살의 이야기는 재미있는데 왜 자꾸 갈증이 날까 생각하다가 잠이 들었어요.

으슬으슬 추워졌어요. 따사롭던 햇살은 어디로 가버린 걸까요? 반짝이던 세상이 점점 까맣게 변해가고 있었어요. 주변을 두리번거렸어요. 어딘가로 도망을 가거나 숨고 싶었지만 나는 움직이지 못하는 새싹이지요. 흐응~! 햇살을 큰 목소리로 불렀어요. 내 목소리를 들은 건 왕귀뚜라미였어요. 왕귀뚜라미는 자기가 만든 곡을 계속 들려주며 나를 안심시키려고 했어요. 하지만 왕귀뚜라미의 연주도 소용이 없었어요. 나는 왕귀뚜라미에게 소리쳤어요. 저리 가! 그러자 왕귀뚜라미가 말했어요.

"너에게 친절을 베푸는 나에게 이렇게 소리를 지르다니. 너무 해!"

왕귀뚜라미는 내게서 점점 멀어졌어요. 정말 어쩌죠? 너무 무서운데, 왕귀뚜라미가 연주해줄 때 고맙다고 하며 함께 있어 달라고 할 걸. 나는 곧 후회하고 말았어요. 왕귀뚜라미가 떠나고 나니 더욱 깜깜해서 주변에 무엇이 있는지 알 수가 없었어요. 나는 그만 으앙~하고 울어버렸어요.

반짝이던 세상이 온통 까매져서 무엇이 어디에 있는지도 알 수 없고, 무슨 소리가 어디서부터 나는지도 살필 수가 없었으니까요. 정말 외롭고 무서웠어요. 그때 살랑살랑 꼬리를 흔들며 누군가가 다가왔어요. 바스락, 바스락. 나보다 엄청나게 크고 움직이는 동물이었어요. 니야옹? 세상 들어보지도 못한 소리였어요! 니야옹은 내 옆에 쪼그리고 앉으며 누군가에게 말했어요.

"저기 골목 안에서 만난 고양이는 너무 욕심쟁이야. 함께 먹어도 될 텐데, 혼자 먹겠다고 내게 발길질했어. 내가 먼저 찾았는데 말이지. 너무 속상해! 아유, 배고파. 니야옹."

난 처음 보는 니야옹을 가만히 살피기만 했어요. 니야옹은 앞발로 자기 얼굴을 문지르더니 나를 빤히 바라보며 말했어요.

"넌, 내가 말을 걸었는데 어떻게 가만히 있어? 내게 속상하겠다라든지, 저 욕심쟁이 고양이에게 저주라도 대신 퍼부어줘야 하는 거 아냐?"

"내게 말한 거야?"

"그래, 너 말이야!"

"넌, 상냥하지 않아. 반짝이던 햇살은 자기 이름을 먼저 말했어. 상냥한 바람도 그랬고. 내게 '안녕?'하면서 인사를 먼저 했단 말이야. 근데 넌 네 말만 했잖아. 정말 너무해!"

"그건, 너도 그래. 곁에 누군가가 다가오면 친절하게 안녕? 하고 먼저 인사를 건네도 좋잖아, 그렇게 시큰둥한 얼굴로 바라보기만 하지 말고."

우린 서로 흥! 하며 고개를 돌렸어요. 세상이 점점 더 까맣게 변했어요. 부스럭 소리도 나고, 빵빵 하는 소리도 났어요. 처음으로 맞이한 이 까만 세상은 도대체 뭘까요? 나는 정말 무서워서 니야옹을 불렀어요.

"저기, 니야옹아."

"뭐? 니야옹아? 그건 내 이름이 아니야. 내 이름은 '달빛'이야. 저어기, 하늘을 좀 봐. 저기 동그랗고 환한 건 달이야. 난 저 달이 좋아. 그래서 내 이름은 달빛이야."

"그래, 달빛아. 이렇게 까만 세상은 뭐라고 하는 거야? 밝고 반짝이던 세상은 이제 끝난 거야?"

"밝고 반짝이던 세상? 아, 낮을 말하는 거구나. 아니야. 이렇게 까만 밤을 지나면 또 낮이 올 거야. 이렇게 까만 세상은 내가 좋아하지. 이 시간은 밤이라고 해. 사람들도, 나무도 구름도 하늘도 동물들도 모두가 쉬는 시간이지. 그리고 내일은 비가 올 거야. 비에게 촉촉 젖어서 튼튼해지는 방법을 물어봐. 하지만 난 비가 정말 싫어, 니야옹!"

달빛은 신경질적으로 니야옹을 외쳤어요. 난 달빛이 이야기한 비보다 밤이라는 말이 더 크게 들렸어요. 나는 달빛이 말한 달을 바라보며 말했어요.

"밤이라고 하는구나. 그럼 낮은 언제 오는 거야?"

"밤이 끝나야 오지. 자꾸 말 시키지 마. 배가 너무 고프단 말이야."

달빛은 몸을 일으켜 기지개를 켜더니 말했어요.

"난 이렇게 깜깜한 밤이 좋아. 내 몸도 까맣잖아. 이제 저쪽 길 건너편에 갈 거야. 함께 갈…… 아니야. 나 혼자 갈게. 내일 만나, 안녕!"

달빛이 내게 인사를 하려고 앞발을 들었어요. 아얏! 나는 달빛의 발톱에 살짝 긁혔어요. 달빛은 발톱을 감추고 내게 미안하다고 몇 번이나 사과했어요.

"내일은 뭐야?"

달빛은 내 질문에 대답은 하지 않고 사라졌어요. 달빛을 따라가려고 했지만 나는 움직일 수 없는 새싹이잖아요. 내 기분은 더욱 시무룩해졌어요. 그때였어요. 어디선가 음악 소리가 들려왔어요. 소리가 너무 좋아서 몸이 저절로 움직였어요. 조금 울적해지고 시무룩해진 기분이 좋아지는 걸 느꼈어요. 나 혼자서 몸을 움직이며 흥얼거릴 때였어요. 달빛보다는 엄청 작지만 개미보다는 큰, 조금 전에 떠났던 왕귀뚜라미였어요.

"이 곡이 마음에 드니? 나는 왕귀뚜라미라고 해."

"안녕하세요, 왕귀뚜라미님. 음악가신가요? 아까는 정말 미안했어요."

"아니야. 나도 위로한다는 핑계로 불쑥 나타나서 내 마음대로 했잖아. 나도 미안해."

왕귀뚜라미는 나를 위해 여러 곡을 연주해주고는 친구와 약속이 있다며 저쪽 풀숲으로 떠나갔어요. 나는 또 외롭고 무서워서 큰 소리로 햇살아! 하고 불렀지요. 하지만 들려오는 건 "부엉~부엉"하는 소리였어요. 너무 낯선 소리여서 온몸이 빳빳해지고 말았지요. 부엉이가 커다란 눈을 동글동글 굴리며 다가와서 나를 뚫어져라 바라봤어요. 나에게 어떤 말도 건네지 않았어요. 나도 부엉이가 부엉인지 몰랐으니 말을 건다는 건 너무 힘들었어요. 나는 너무 무서워서 말했어요. 저리 가! 하고. 그러자 부엉이는

"무서우면 내가 함께 있어 줄게. 나는 부엉이야."

부엉이는 내 옆에 앉아서 주변을 두리번거렸어요. 그때 쿵! 하는 소리가 들리고 부엉이가 다급하게 어둠 속으로 날아가더니 잠시 후 돌아왔어요.

"동생 주려고 남겨둔 음식이 떨어졌지 뭐야. 이젠 괜찮아. 너는 언제 태어났니?"

"저는 태어난 지 얼마 안 됐어요. 이렇게 깜깜하고 낯선 세상은 처음이라 너무 무서워요."

"그렇구나. 걱정하지 마. 깜깜한 밤이 지나면 밝고 반짝이는 낮이 오니까. 네가 밤을 처음 만나니까 낯설어서 그래. 너무 무서워하지 않아도 돼. 밤도 낮처럼 반짝이는 세상이

거든."

"그게 무슨 말이에요? 너무 깜깜해서 제대로 볼 수 있는 게 없는데 반짝이는 세상이라니요?"

"낮에는 햇살이 있어서 모든 게 환하게 보이지. 그래서 사람들도 동물들도 조심하지 않아. 하지만 밤은 깜깜하니까 귀를 기울이고 한 번 더 생각하게 돼. 조심조심 살피고 천천히 움직이고 조용조용 말하거든. 밤은 마음도 몸도 생각도 잠시 쉬어가는 시간. 참, 조금 전에 누군가와 이야기하는 것 같던데, 누굴 만났어?"

"아, 왕귀뚜라미 아저씨와 달빛을 만났어요. 그런데, 부엉이님은 낮을 아세요?"

"고양이 달빛을 만났구나. 나도 자주 만나지. 나는 낮에 대해서 잘 몰라. 하지만 달빛과 다른 친구들이 이야기해 줘서 알고 있지. 나도 달빛처럼 밤에만 움직이거든. 밤도 반짝이는 세상이라는 건 우리 할아버지께서 알려주셨어. 저기 하늘을 좀 봐. 작지만 빛나는 게 별이야. 저기, 어둡고 깜깜한 풀숲에서 반짝이는 건 반딧불이야. 집중하고 관찰하고 살펴야 보이는 것들. 이게 지혜라고 하셨어."

"지혜는 반짝이는 낮보다 깜깜한 밤에 더 잘 보인다는 말씀, 어렵지만 꼭 기억할게요."

"낮과 밤을 여러 번 지나면 너도 어른이 돼. 낮과 밤을 잘 견디고 세상을 이해하면 너는 훌륭한 어른 나무가 될 거야. 그러니 용기를 가져. 세상은 아주 신나는 모험으로 가득 차 있지. 모험을 즐기는 법을 알면 세상도 잘 보여."

"하지만, 저는 움직이지 못하잖아요. 어떻게 모험을 하나요?"

"모험은 움직이지 않아도 할 수 있어. 바람과 햇살과 하늘이 이야기를 들려줄 거야. 네가 무럭무럭 자라는 모습도 저 먼 곳에 사는 친구들에게 전해주는 거지. 모험은 마음과 상상이 하는 거야. 우리가 살아가는 세상은 모두가 모험을 담은 풍경이야. 나는 내 목소리를 들려주며 풍경을 감상하고, 다른 누군가는 풍경을 감상하며 맛있는 이야기를 쓰지. 곧 내일이 올 거야. 무럭무럭 건강하게 잘 자라길 바래. 아, 참! 내일은 비가 올 거야. 비가 오면 꼭 물어봐. 촉촉 젖어서 튼튼하게 자라는 방법을. 그럼, 내일 만나. 안녕."

깜깜한 세상이 지났지만 밝고 반짝이는 낮은 오지 않았어요. 그리고 내 몸이 촉촉하게 젖었지요. 네. 그게 바로 비였어요. 나는 달빛과 부엉이님의 말을 기억하고 비에게 촉촉하게 젖어 튼튼하게 자라는 법을 배웠답니다.

내가 태어난 날 처음으로 만난 세상은 내게 이렇게 인사를 했어요. 나는 이제 어린 새싹이 아니에요. 반짝이는 낮과 깜깜한 밤을 여러 번 보내고 나니 씩씩한 나무가 되었답니다. 모험을 즐기는 방법을 좀 더 익혔더니 달빛이 소개해준 니야옹이들, 멍멍이라고 했다가 혼이 난 진돗개 아저씨와 고운 마음을 연결해주는 멋진 나비부인도 만났어요. 모험은 신비한 거예요. 오늘을 잘 보낸 우리의 이야기가 모험이라는 걸 알게 됐어요. 모든 모험은 '안녕'이라는 말에서 시작한다는 것과 아삭이는 풍경을 가리키는 말이라는 것도 이젠 알아요. 우리의 이야기는 지금부터 시작이죠.

"안녕~^^"

다섯 살 꼰대 리온이

안녕하세요? 나는 오리온이에요. 이제 다섯 살이 되었구요
유치원에 다녀요. 며칠 전에 엄마가 내게 이렇게 말했어요.

"리온아, 너 그렇게 말하면 꼰대 소리 들어!"

"꼰대? 그게 뭐예요?"

"그건, 쓸데없는 잔소리를 늘어지게 하는 사람에게 하는
말이야."

"늘어지게는 뭐예요?"

"한 번만 말해도 되는데 여러 번 하는 말을 그렇게 표현해."

"그럼, 여러 번 말하는 거라고 말하면 되잖아요. '늘어지
게'라고 하지 말고요."

내 말이 끝나자 엄마가 큰 소리로 웃으며 알았다고 하셨
지요.

내게는 동생이 두 명 있어요. 한 명은 나보다 한 살 어리고, 또 한 명은 세 살 어려요. 그런데 한 명은 진짜 내 동생이 아니에요. 무슨 말이냐구요? 사촌 동생이거든요.

외삼촌의 아들인 사촌은 남동생이고 나보다 한 살 어려요. 힘도 세고 소리도 마구 지르지요. 달리기도 무척 빨라요. 특히 던지기는 네 살 아이들 가운데에서는 최고일 거예요.

나는 외사촌 동생보다 힘도 약하고 달리기도 느리지만 말은 제일 잘해요. 마음을 표현하는 건 내가 최고예요.

내 동생은 여자이고 이제 20개월이 되어가요. 여동생은 말을 잘못하는데 표현이 아주 좋아요. 아빠, 엄마는 기본이구요 "안 돼! 아파요! 싫어!"라는 말은 정말 또박또박 잘 말해요. 그렇지만 아직은 말로 모든 걸 표현하지는 못해요. 그런데도 우리 식구들은 아무도 불편해하지 않아요. 모두 잘 알아듣거든요. 왜냐하면 여동생은 말을 제대로 못하는 대신 손을 잡고 가서 자기가 하고 싶거나 갖고 싶은 걸 표현해요.

내게는 이런 동생들이 있어서 정말 피곤합니다. 뭐라고 표현할 수 없지만 있잖아요. 다섯 살이라는 나이가 마냥 기쁜 것만은 아니라는 거예요.

외할머니는 나를 큰 손자라고 하시는데요, 큰 손자는 맨 처음에 태어난 손자래요. 외할머니는 외손자, 친손자라고 하는 걸 싫어하세요. 내가 첫 번째로 태어났으니까 큰 손자, 외사촌 동생이 두 번째로 태어났으니까 둘째 손자, 막내 여동생은 셋째 손녀라고 하십니다.

외사촌 동생인 별하는 내 장난감을 자기 것이라고 떼를 부려요. 내가 아무리 내 장난감이라고 말해도 끝까지 듣지도 않고 소리부터 질러요. 그러면 나도 소리를 지를 수밖에 없어요. 이렇게 소리를 지르면 할머니가 말씀하세요.
"너희들 자꾸 소리 지르면 무슨 말인지 못 알아들어."
나는 할머니의 말씀을 듣고 소리를 낮추는데 별하는 계속 소리를 질러요. 그러다가 내 장난감을 뺏어가고 말지요. 나는 어쩔 수 없이 별하에게 달려가 내 장난감을 뺏어요. 그렇게 뺏으려고 하면 별하가 나를 때려요. 나도 별하를 때릴 수밖에 없잖아요. 그런데 이게 왜 잘못인 거죠?
엄마, 아빠, 할머니, 삼촌까지 모두가 내가 잘못했다고 해요. 나는 너무 속상해요.

어느 날은요, 별하가 너무 밥을 안 먹는 거예요. 엄마도 삼촌도 모두 별하에게 밥을 먹으라고 하는데, 별하는 싫어! 하면서 장난감이 있는 거실로 가버렸어요. 엄마도 별하를 부르고 삼촌도 별하를 불렀지요. 그래도 별하는 오지 않았어요. 그러자 엄마가 말했어요.

"별하! 너 밥 안 먹으면 우유는 고모가 다 먹을 거야. 괜찮지?"

그러자 별하가 냉큼 달려오더니

"아니요! 우유, 내 꺼예요!"

"그래? 그럼 밥 같이 먹을까? 별하가 밥 안 먹으면 고모가 우유 다 먹을 거야."

그러자 별하가 식탁에 앉아서 밥을 먹었어요. 나는 엄마처럼 하면 되겠다고 생각했죠.

며칠이 지났어요. 엄마와 아빠, 삼촌은 일이 있어서 늦게 퇴근하신다고 했지요. 저녁을 먹을 때는 할머니와 나, 별하, 그리고 동생 로라 뿐이었어요. 할머니께서 계란말이, 소시지를 구워서 우리 식판에 담아주셨어요. 양념 김도 반으로 잘라 골고루 나눠주셨지요. 우리는 각자 자리에 앉아 밥을 먹기 시작했어요. 할머니는 로라에게 밥을 먹이시느라 우리를 잘 돌볼 수가 없었어요. 그러자 별하가 갑자기 일어나

거실로 달려갔어요. 할머니가 불러도 별하는 안 먹어! 하면서 달려갔어요. 할머니는 한숨을 후~하고 쉬셨어요.

"할머니, 제가 별하 데리고 올게요."

"우리 리온이가 대견하네. 그래, 부탁해."

하시며 로라에게 김밥을 돌돌 말아 먹이셨어요.

나는 별하에게 달려가서 말했어요.

"김별하! 얼른 가서 밥 먹자."

"싫어. 싫다고."

"안 돼! 밥 먹어야 해!"

하며 나는 별하의 손을 잡고 끌어당겼어요. 그런데 별하가 꿈쩍도 안 하는 거예요. 나는 더 힘을 주고 잡아당겼어요. 별하는 힘을 주고 그저 서 있기만 했는데 오히려 넘어진 건 나였어요. 나는 벌떡 일어나 별하의 손을 때렸어요. 그러자 별하가 소리를 꽥 질렀어요. 나는 김별하 너! 라고 소리친 후 다시 손을 잡아당겼어요. 그러자 별하가 내 왼손을 꽉 깨물었어요.

"김별하! 니가 날 물었어?"

하며 소리를 질렀지요. 할머니가 달려오셨어요. 그러자 로라가 큰 소리로 울기 시작했어요.

"할머니, 김별하가 나를 깨물었어요."

할머니는 내 손을 잡고 별하에게 왜 물었냐고 물었어요. 놀란 로라가 할머니를 찾아 달려왔어요. 별하는 눈을 동그 랗게 뜨고 나를 노려봤어요. 나는 할머니께 별하가 깨문 손을 보여드렸어요. 할머니가 나를 안아서 손을 만져주셨어요. 그 모습을 바라보던 별하가 큰 소리로 말했어요.

"아니야! 아니잖아!"

사실, 별하는 아직 나처럼 말을 잘하지 못해요. 말을 빨리 하거나 흥분하면 말을 더 못하거든요. 가끔 내가 먼저 별하를 때려도 별하가 먼저 때렸다고 말하기도 했어요. 그러면 어른들은 모두 별하를 혼냈거든요.

그런데 이날은 별하가 말을 너무 잘하는 거예요.

"형, 아가 내 손을 잡아당겼잖아. 내가 싫다고 했지. 형, 아가 내 손을 먼저 때렸잖아!"

별하의 말을 듣고 계시던 할머니가 나를 바라보셨어요.

"네. 사실은 별하가 나를 밀어서요."

"아니야! 아니잖아. 형, 아가 먼저, 먼저 때렸잖아. 이렇게!"

하며 별하는 자기의 손을 때렸어요. 그러자 할머니는 우리를 자리에 앉히고 물을 마시게 하셨어요.

평소에는 말도 잘하지 못하던 별하가 너무 또박또박 말

을 잘해서 할머니도 나도 놀랐지요. 그 전에는 어른들이 크게 걱정하셨어요. 별하의 말이 너무 늦다고요. 그랬던 별하가 달라졌어요. 할머니 무릎에 앉아있는 나는 할머니께 혼이 날까봐 걱정하고 있었어요. 하지만 할머니는 별하가 말문이 트였다고 좋아하셨어요.

매미소리가 울창한 날이었어요. 할머니는 우리 삼남매를 데리고 운동장으로 가셨어요. 운동장에 도착한 우리는 할머니의 고삐 풀린 망아지가 되었어요. 우리집도 마당이 있어 놀기 좋지만, 할머니는 더 넓은 운동장으로 우리를 데려가신 거죠.

별하는 달리기를 무척 잘해요. 나는 달리기에는 소질이 없다고 우리 부모님과 모든 가족이 말했어요. 정말 그랬거든요. 아무리 달려도 엄마가 성큼성큼 걷거나, 아빠가 한참 뒤에 몇 걸음 걸으면 금방 따라잡혔어요. 할아버지는 그런 나를 지켜보면서 고개를 절레절레 흔드시며 말씀하셨어요.

"리온이는 하늘이 아들이 분명하다. 쏙 빼다 박았다."

"나도 그렇게 생각해요. 어쩌면 닮아도 저런 걸 닮았을까?"

할머니도 맞장구를 치셨고, 가족들은 모두 큰 소리로 웃었지요. 사실 우리 엄마는 달리기를 정말 못했다고 했어요.

옛날이야기 들려드릴게요. 우리 엄마의 초등학교 6학년 가을운동회 때 일이래요.

엄마가 다니는 초등학교는 외할머니가 다니셨던 학교였어요. 세월이 흘러 학생이 많이 줄었대요. 학생 수가 아주 적어서 곧 폐교가 될 거라고 걱정하는 학교였어요.
어느 날, 가을운동회가 열렸어요. 즐거운 시간을 보내고 마지막으로 청군 백군 릴레이 달리기가 있었어요. 엄마는 청군의 마지막 주자로 달렸어요. 엄마는 바통을 받고 열심히 달렸어요. 운동장 반 바퀴 이상을 이기고 있었기 때문에 기적이 일어나지 않는 이상 청군이 이기는 건 당연했어요.

그런데 말이에요. 정말 믿기지 않는 일이 일어났어요. 거의 다 왔다고 청군들이 소리를 지르며 응원했는데, 엄마는 달리는 건지 걷는 건지 모를 속도로 운동장을 돌고 있었어요. 백군의 마지막 주자는 곧 퇴임을 앞두신 교장 선생님이셨는데, 20여 미터를 남기고 엄마는 교장 선생님께 따라잡히고 말았어요. 운동회는 백군의 승리로 끝났고, 우리 엄마는 달리기 못하는 아이로 온 동네와 학교에 소문이 났죠. 백군이 이겼지만, 교장 선생님은 무척 미안해하셨대요. 삼촌이 엄마와 같은 청군이었는데, 들고 있던 수건을 던져버렸대요. 그리고 운동회가 끝나자 삼촌은 엄마와 절교하겠다고 했대요. 크, 크, 크, 크. 외할머니가 흉내를 내시는데 너무 웃겼어요.

"엄마! 저거 내 누나 아이제?"

얼마나 억울했을까요. 우리 엄마와 반대로 삼촌은 정말 달리기를 잘해서 학교 대표로 달리기대회도 나갔었거든요. 이런 일을 극과 극이라고 하네요. 그 이후로 엄마는 달리기의 '달'만 나와도 얼굴이 붉어졌대요.

그러니, 내가 달리기를 못하는 건 당연한 거잖아요. 하지만 동생 로라는 달리기를 잘해요. 아마 20개월 아기들만 달리는 경기가 있다면 분명 1등일 거예요. 별하는 삼촌을 닮은 게 분명해요. 나는 정말 최선을 다해서 달려도 별하를 따라잡기가 힘들었지요.

나는 유치원에 다닌다고 했잖아요. 내가 다니는 병설유치원에는 여섯 살 누나, 일곱 살 누나, 나, 이렇게 세 명뿐이에요. 누나들이 나보다 빠른 건 당연하다고 생각했거든요. 하지만 별하가 나보다 빠른 건 기분이 나빴어요. 유치원에서 달리기를 자주 하다 보니 나도 모르게 빨라진 걸까요?

별하가 앞서 뛰어가는데 내가 금방 따라잡은 거예요. 와우! 나는 속으로 소리치고 싶었지만 그러지 못했어요. 너무 좋아서 계속 소리를 지르며 별하를 따라잡고 말았지요. 별하는 화를 내고 짜증을 부렸어요.

내가 별하를 이긴 건 처음이었어요. 나는 기분이 좋아서 하늘을 날아갈 듯 했어요. 그런데 별하는 아니었나 봐요. 소리를 지르며 울었어요. 내가 옆에 가기만 해도 '저리 가, 오지 마!' 하면서 소리를 꽥꽥 질렀거든요. 나는 그 순간 별하가 오리인 줄 알았어요.

할머니는 로라도 챙겨야 하고 울고 있는 별하도 챙겨야 해서 너무 바쁘셨어요. 할머니는 우리 셋을 불렀지만 별하는 오지 않고 계속 울어댔지요. 할머니는 로라와 나에게 잠시 기다려달라고 말씀하시고는 별하에게 다가갔어요. 별하가 울면서 크게 말하는 소리가 들렸어요.

"형아가 나를 따라잡았어요. 엉엉엉!"

"리온이 형아가 따라잡아서 속상했어?"

"네. 형아가 나보다 빠르면 안 되잖아요!"

"안 되긴 뭐가 안 돼? 형아도 이제 달리기를 잘하게 됐구만. 이리 와. 울지 말고."

할머니는 별하를 안아주셨어요. 그래도 별하는 화가 났는지 할머니 목을 끌어안고 더 큰 소리로 울었어요. 잠시 후 별하가 할머니의 손을 잡고 우리에게 왔어요. 할머니는 우리 셋을 앉게 하시고 물을 마시게 하셨어요. 우리가 물을 마시고 나자 말씀하셨어요.

"별하가 장화를 신고 왔잖아. 할머니가 운동화 신고 오자고 했었는데."

"네. 그래도 형아가 나를 이기면 안 되잖아요."

"어째서? 내가 왜 이기면 안 되는데? 말해 봐!"

나도 모르게 소리를 꽥 질렀어요. 도대체 말이 안 되잖아요. 왜 내가 별하를 이기면 안 되는지 알 수가 없었어요. 내가 소리를 너무 크게 질렀는지, 옆에서 혼자 공놀이하던 로라가 놀라서 울음을 터뜨리더니 할머니에게 곧장 달려왔어요. 할머니가 인상을 찡그리셨어요. 별하도 눈이 동그래져서, 야! 하고 소리를 질렀지요.

"할머니! 내가 왜 별하를 이기면 안 돼요?"

"리온아, 그동안 별하가 계속 이겼잖아. 그런데 오늘은 리온이가 달리기를 너무 잘하고 자기를 따라잡으니까 놀라서 그런 거야. 리온이가 이겨도 돼."

"그런데, 왜 별하는 소리를 지르면서 안 된다고 해요?"

"별하는 너랑 달리기할 때마다 이기기만 했잖아. 너한테 진 적이 없어서 엄청나게 놀라서 그래. 조금 기다리면 별하도 소리 안 지를 거야."

"내가 이기는 게 화가 날 일이에요?"

"한 번도 안 져본 사람은 화가 날 수도 있어."

"왜요?"

"경험해 본 적이 없으니까."

"그렇다고 화를 내요?"

할머니는 가만히 내 얼굴을 만지며 말씀하셨지요.

"그래. 경험하지 못하면 놀라고 당황해서 그럴 수도 있어. 꼭 경험하지 않아도 알 수 있는 일도 있지만 경험해야 알 수 있는 게 있거든. 오늘은 달리기야. 우리 리온이가 많이 컸네. 달리기를 이렇게 잘하는 줄 몰랐어. 잘했어."

"아니잖아요, 할머니! 형아가 잘한 거 아니잖아요!"

"형아가 이길 수도 있어. 그리고 별하는 형아를 이기고 싶으면 운동화 신고 더 열심히 연습하면 돼. 걱정하지 마."

"아니야! 형아는 나를 이기면 안 돼! 안 된다고!"

"너, 자꾸 그러면 형아가 혼낸다. 할머니가 그렇다고 하면 그런 거잖아. 왜 자꾸 아니라고 하는 거야? 너, 자꾸 그러면

로라 오빠 못하게 한다. 알겠어? 그리고 김별하, 네가 나를
이기고 싶으면 운동화를 신고 왔어야지! 왜 할머니 말씀을
안 듣고 와서 나한테 그러는 건데? 그러면 안 된다고. 알겠
어? 그리고 내가 해봐서 아는데, 너 자꾸 그러면 혼난단 말
이야. 꼭 기억해!"

　내 말이 웃기나요? 할머니가 아주 큰 소리로 웃으셨어요.
나도 모르게 얼굴이 붉어졌는데, 왜 그랬을까요?

　그날 저녁 할머니는 나와 별하가 달리기하는 동영상을
보여주셨어요. 내가 40개월이 좀 지났을 때라고 해요. 뒤에
서 따라오던 별하가 나를 앞서가자 바닥에 주저앉아 울고
있었어요. 별하처럼 큰 소리로 울면서 별하! 별하! 하며 소
리쳤어요. 낮에 운동장에서 별하가 한 행동과 너무 닮았어
요. 이 동영상과 운동장에서 있었던 이야기가 우리 집에 웃
음꽃을 피웠어요. 하하, 호호, 껄껄껄 웃음소리가 마당까지
뛰어나가 하늘로 날아갔어요. 별하와 로라는 웃으면서 거
실로 달려갔어요. 웃음꽃을 가리며 엄마가 말했어요.
　"우리 리온이가 꼰대네. 다섯 살 꼰대!"
　"꼰대? 내가요?"
　"그래, 너 다섯 살 꼰대야. 아이구, 아까 별하한테 훈계하

는 거 보니, 너도 만만치 않아."

"엄마, 훈계가 뭐예요?"

"타일러서 잘못이 없도록 해주는 말이야. 형이 동생에게 다음부터 그러지 말라고 이야기하는 건 좋은 거야. 하지만 어른들처럼 말하는 것, '너, 로라 오빠 못하게 한다.'거나 '내가 해 봐서 아는데' 같은 말은 꼰대들이 하는 말이야."

아이, 모르겠어요. 어른들의 말은 너무 어려워요. 나중에는 알 수 있겠죠? 할머니가 말씀하셨어요. 나와 동생들은 무럭무럭 잘 크고 있는 거라고.

우리는 저녁을 먹고 마당으로 나갔어요. 할머니는 우리 남매들을 그네에 앉히고 하늘을 보라고 하셨어요. 하늘은 뭉게구름이 뭉게뭉게 몰려다녔어요. 마치 우리 삼남매가 마당을 뛰어다니는 것 같았어요. 할머니가 말씀하셨지요.

"우리 집 어린이들은 모두 빛나는 사람들이야."

"왜요?"

"모두 반짝반짝 빛나니까. 저기 하늘에 노을이 보여?"

우리는 하나같이 할머니의 손가락이 가리키는 곳을 봤어요. 네! 노을은 빨갛기도 하고 노랗기도 했어요. 별하는 무지개색이라고 했지요.

"저렇게 노을이 생기는 건 모두가 빛나서 그런 거야. 빛은 부서지지 않아, 깨어지지도 않지."

"왜요?"

"빛은 조금 돌아서 가니까. 서로 부딪히면 멈추거나 통과하는 거야. 그래서 빛은 싸우지 않아. 할머니의 손주들처럼."

할머니는 조용히 그네를 흔들어주셨어요. 파랗거나 보랏빛으로 변한 노을이 우리를 감싸듯 가까워졌다 멀어졌어요. 우리의 마음처럼 말이죠. 우리 삼남매는 서로의 발을 비비며 까르르 웃었어요. 할머니는 이렇게도 말씀하셨지요.

"너희들은 잘 자라는 중이야. 마치 탱탱볼처럼 말이야."

깨어지거나 부서지지 않는다는 건 탱탱볼 같은 거래요. 탱탱볼이라는 말에 우리 삼남매는 하하 호호 크게 웃었어요. 로라는 온몸을 흔들며 웃었지요. 웃음은 기분을 좋게 했어요. 내 마음도 따뜻해졌어요. 할머니는 우리가 탄 그네를 힘껏 밀어주셨어요. 나는 로라와 별하의 손을 꼭 잡았어요. 할머니의 사랑을 듬뿍 받은 우리는 더욱 반짝이는 어른이 될 거예요. 따뜻한 사랑을 전하는 어른이요.

아침을 찾아서

해가 뉘엿뉘엿 지는 저녁이 되었어요. 서쪽 하늘의 노을은 새콤한 레몬 빛으로 반짝였어요. 잠시 후 붉어지는 것 같더니 오렌지 속껍질 색으로 변했어요. 무엇보다 창으로 비치는 노을이 참 예뻐서 미소가 저절로 생겨요. 하지만 리온은 속이 상해요. 왜 그럴까요?

　"엄마~!"

　리온은 엄마를 큰 소리로 부르며 부엌으로 달려갔어요. 엄마는 리온의 목소리가 심상치 않아 왜 그러냐고 물었어요.

　"엄마, 내 아침 돌려줘요!"

　리온은 엄마에게 큰 소리로 말하고는 눈물을 쏟았어요.

　도대체 무슨 일이지? 엄마는 무척 궁금했지만 리온은 말도 제대로 못하고 눈물만 쏟아냈어요. 이 모습을 지켜보던 로라가 오빠의 등을 토닥여주었어요. 하지만 리온은 그런 동생의 마음도 받아주기가 힘들었어요. 무슨 일인지 말하지 않으면 모른다고 엄마가 말했지요. 리온은 듣는지 마는지 계속 울기만 했어요.

사실, 리온은 계속 보고 싶다고 미뤄뒀던 유튜브 영상을 오늘 아침부터 몰아서 봤어요. 점심도 먹는 둥 마는 둥, 엄마와 로라가 산책하러 나가자고 할 때도 싫다고 했지요. 아빠가 함께 공차기하자고 할 때도 꼼짝하지 않고 영상만 계속 봤답니다. 그러는 사이 아침에 뜬 해가 벌써 지고 말았지요.

이렇게 해가 질 때까지 리온의 행동을 바라본 엄마는 리온의 마음을 알아챘지만 방법을 찾는 중이에요. 울기만 한다고 흐른 시간을 되돌릴 수는 없으니까요. 엄마는 리온이 진정될 때까지 기다리기로 했어요. 하지만 리온의 울음소리는 점점 커지기만 합니다. 어쩌면 좋죠?
엄마도 난처했어요. 하루가 이렇게 짧을 수 있다는 걸 어떻게 설명하면 좋을지 고민이 이만저만이 아니에요. 그렇다고 리온이 계속 울게 놔둘 수도 없고. 아침을 어떻게 돌려주면 좋을까요?

울고 있는 리온에게 로라가 불쑥 귤 하나를 건넸어요. 리
온은 로라에게 장난치지 말라고 큰 소리를 질렀지요. 그러
자 로라가 리온의 손에 귤을 쥐어 주며 말했어요.

"오빠, 여기 있어. 아침!"

"이게 무슨 아침이야? 이건 그냥 귤이잖아!"

"아니야. 이건 태양이야. 달콤한 태양."

"너, 지금 나 놀리는 거지?"

"아니야. 아침에 오빠가 귤 먹으면서 그랬잖아. 창으로 비
치는 태양에 귤을 이렇게 대고 말했던 거 기억 안 나?"

로라가 자기 손에 있는 귤을 눈앞에 가져다 대고 아침에
리온이 했던 행동을 보여줬습니다. 리온은 로라의 모습을
보니 생각났어요.

"와, 이렇게 보니 귤도 태양이네. 반짝이는 아침의 태양!"

귤껍질을 벗기고 귤을 자르지도 않고 한입에 밀어 넣으
며 이렇게도 말했지요.

"음, 달콤한 아침의 태양! 맛있다!"

그 모습을 보며 엄마 아빠가 웃었지요. 로라가 그건 태양
이 아니라 귤이라고 할 때도 리온은 아침의 태양이라고 말
했거든요. 그 모습을 로라가 기억한 거예요. 하지만 리온은

받아들일 수가 없어요. 지금은 벌써 저녁 6시를 가리키고 있거든요. 로라가 주는 귤을 받았다고 해서 아침이 오는 건 아니니까요.

하루가 이렇게 짧을 수도 있다는 사실이 너무 슬퍼서 리온은 울음이 멈추지 않아요. 아침 식사를 마친 후에 엄마가 말했어요.

"리온아, 하루는 생각보다 짧아. 일주일 동안 공부하느라 힘들었고, 보고 싶었던 영상 못 보고 참은 건 잘했어. 하지만 영상만 보다가 하루를 보내는 건 아까울 것 같아."

하시면서 산책도 권하셨고, 마트에 장을 보러 갈 때도 리온을 불렀었지요. 하지만 리온은 그동안 미뤄뒀던 것을 한꺼번에 보고 싶었고, 다 보고 나면 가족들과 시간을 보낼 수 있다고 생각했거든요. 시간은 늘 충분하다고 믿었던 거예요. 그런데 지금은?

로라가 오빠에게 종이접기를 해달라고 할 때도 싫다고 했단 말이에요. 엄마는 지금 보는 영상이 가족보다 중요한 일인지 생각해보라고 하셨죠. 리온은 가족은 늘 있는 사람이니까 영상보다 중요하다고 생각하진 않았어요. 당연히 함께하는 사람들이니까요.

생각해보니 집에 혼자 있다는 걸 알게 됐을 때 기분이 너무 이상했어요. 엄마 아빠를 불러도 대답이 없고 늘 옆에서 '오빠, 저 위에 있는 책 좀 꺼내줘.' '저기 물을 쏟았어. 도와줘.' 이것저것 해달라며 떼를 부리던 로라도 보이지 않아 마음이 울렁거렸지요. 게다가 섭섭한 마음도 들고 혼자가 되었다는 생각이 들자 눈물도 나오고 입도 삐죽 나왔었지요. 엄마에게 전화하려고 스마트폰을 열었을 때 부재중 전화가 다섯 개가 있었어요. 확인해보니 엄마와 아빠였어요. 문자도 있었어요.

'리온아, 엄마가 여러 번 불렀는데도 대답이 없어서 우리끼리 마트에 다녀올게.'

'필요한 게 있으면 30분 안에 문자나 전화해줘.'

아빠였어요.

리온은 엄마에게 부탁할 게 있었어요. 지우개와 스케치북이 필요했거든요. 그런데 가족들이 모두 마트에서 돌아왔으니 어쩌면 좋아요.

아빠는 저녁 밥상을 차리시면서 말했어요.

"리온이가 아침을 돌려달라고 하는데, 어떻게 하면 아침이 돌아올까?"

"난 여태까지 살면서 돌려받은 아침이 없어서 모르겠어
요. 당신은 돌려받은 아침이 있어요?"

"아니, 없어. 리온이는 알까?"

엄마 아빠의 이야기를 듣고 있던 로라가 말했어요.

"조금 전에 내가 오빠에게 아침을 돌려줬어요."

뭐라고? 엄마 아빠는 동시에 로라의 말에 반응했지요.

로라는 조금 전에 오빠와 나눈 이야기를 부모님께 들려
드렸어요. 그러자 부모님은 아주 유쾌하게 웃었어요.

여전히 표정이 좋지 않은 리온을 보며 엄마가 말했어요.

"리온아, 엄마가 돌려주는 아침이야."

하며 방울토마토 하나를 리온의 앞접시에 올렸어요. 아빠
는 달걀을 입힌 동그란 소시지 하나를 올려주었고 로라는
귤을 다시 올려주었어요.

리온은 너무 속상했어요. 이게 아닌데 말이에요. 아침을
돌려받을 방법은 없을까요? 리온은 저녁을 제대로 먹지 못
하고 식탁에서 일어났어요.

방으로 돌아온 리온은 속상한 마음을 어찌할 수가 없었
어요. 로라가 준 귤은 어쩐지 로라가 자신을 놀리는 것 같거
든요. 아니에요. 로라는 그런 아이가 아닌 걸 알지만, 그

래도 부끄럽고 짜증이 나는 건 어쩔 수 없어요. 식탁에서 나오다가 로라의 등을 세게 때린 건 아무래도 마음에 걸려요. 리온은 로라가 준 귤을 손에 꼭 쥐고 침대에 누웠어요.

리온은 캄캄한 숲길을 걷고 있어요. 아침을 돌려받을 방법이 분명히 있을 거라고 믿어요. 한참을 걷고 있는데, 무언가에 부딪혔어요. 리온은 인상을 쓰며 부딪힌 종아리를 만졌어요. 자세히 보니 꽃이었어요. 어?

리온은 자리에 웅크리고 있는 해바라기에게 물었어요.

"넌 해바라기지? 왜 그러고 있는 거야? 여긴 숲이잖아."

"그런 너는 왜 여기 있어?"

해바라기가 울어서 흘러내린 콧물을 닦으며 되물었어요.

"나는 아침을 찾아왔지."

"나도 아침을 찾아왔어. 그런데 여기엔 없어."

해바라기는 자리에서 일어나더니 몸에 묻은 나뭇잎을 툴툴 털었어요. 그리고 캄캄한 숲길을 바라보며 말했어요.

"저 캄캄한 끝에는 분명 아침이 있어. 난 앞으로 갈 건데, 넌 어때?"

리온의 대답을 듣지 않고 해바라기는 앞서 걸었어요. 리온은 해바라기 뒤를 따라 걸으며 아빠가 건넨 소시지가 떠올랐어요. 앞서 걷던 해바라기는 리온이가 말없이 따라오자 자기가 어디서 왔는지 이야기해줬어요.

해바라기는 숲의 서쪽에 있는 작은 마을에 살고 있었대요. 그러던 어느 날 태풍이 지나갔고 마을은 폭탄이 떨어진 것처럼 아수라장이 되었대요. 날씨가 점점 차가워지고 바람도 그치지 않았대요. 그래서 몇몇 친구들과 따뜻한 해님을 찾아서 떠나왔는데 오는 도중 친구들과 모두 헤어졌대요. 다시 마을로 돌아간 친구도 있고, 다른 마을에 남기로 한 친구도 있대요. 그렇게 혼자가 된 해바라기가 이 숲에서 리온을 만난 거래요.

숲에는 바스락 바스락 낙엽 밟는 소리만 들렸어요. 숲은 점점 더 캄캄해지는 것 같았어요. 그때였지요. 아얏! 누군가의 큰 목소리가 숲의 어둠을 확 걷어내는 것 같았어요. 뭘까? 깜짝 놀란 리온은 해바라기의 잎을 움켜쥐듯 잡았어요. 그러자 해바라기가 비명을 질렀어요.

"아우! 나도 아파!"

리온은 잡았던 해바라기의 잎에 힘을 조금 빼며 물었어요.

"여기, 누가 또 있는 거지? 누군지 알겠어?"

"넌, 미안하다는 말은 안 하니?"

약간 짜증이 섞인 목소리로 해바라기가 말했어요. 리온은
해바라기에게 속삭이듯 미안하다고 말하며 가만히 앞을 내
다봤어요. '무언가가 반짝이는 것 같아.' 해바라기가 리온에
게 얼굴을 돌리며 작게 말했어요. 둘은 가만히 서서 소리가
난 쪽으로 몸을 살짝 기울였어요. 하지만 너무 어두워서 제
대로 찾을 수가 없었지요. 그때 리온의 바지를 잡아당기는
무언가가 있었어요.

"여기야. 여기라고!"

작고 귀여운 방울토마토였어요.

"아이 참, 그렇게 마구잡이로 걸어가면 어떡해! 내가 밟힐
뻔했잖아!!"

데굴데굴 방울토마토는 화를 내고 있었지만 웃는 표정이
었어요. 리온과 해바라기는 키를 낮추며 방울토마토를 뚫
어지게 바라봤어요.

"뭐야, 뭘 그렇게 보는 거야?"

"아니, 네가 화를 내는 게 너무 귀여워서. 그치?"

"어, 그래. 그래서 말이야……."

리온이가 팔꿈치로 해바라기를 툭 치자 해바라기도 얼버
무리듯 대답했어요. 서로 인사를 나눈 셋은 옆에 있던 나무

둥치에 올라앉았어요. 나무둥치는 셋이 앉고도 넉넉했어요.
셋은 말없이 하늘을 올려다봤어요. 하늘의 별은 마치 검은
하늘을 더욱 빛나게 할 듯 반짝였어요. 마음이 좀 안정된 방
울토마토가 물었어요.

"너희들은 이 한밤중에 어딜 가는 거야?"

"우린 아침을 찾으러 가는 길이야. 그런 너는?"

"나도 아침을 찾으러 가는 길이야. 가다가 길을 잃은 것
같아."

"길을 잃은 것 같다고?"

리온이가 놀라며 물었어요. 방울토마토는 메고 있던 가방
에서 뭔가를 꺼내 펼쳤어요. 그러자 하얀 종이가 불빛을 뿜
으며 반짝거렸어요. 해바라기와 리온은 너무 환한 빛에 눈
을 감았다가 떴어요.

"이게, 뭐야?"

"아침을 찾으러 가는 지도야. 우리 할아버지가 남겨주셨
어."

"할아버지?"

"우리 할아버지는 지난가을에 돌아가셨어."

"그랬구나. 매우 슬펐겠다."

해바라기가 우울한 목소리로 말했어요. 리온이도 방울토

마토를 꼭 안아주었어요.

"고마워. 이젠 괜찮아. 난 할아버지와 단둘이 살았어. 엄마와 아빠는 내가 어릴 때 홍수에 떠내려가셨대. 할아버지는 나를 아주 예뻐하셨고 무척 사랑해주셨어. 하지만 지난가을에 나를 기다리다 넘어져서 다치셨는데 그 후로 일어나지 못하고 돌아가셨어. 이 지도는 할아버지가 남겨주신 유일한 유산이야. 할아버지가 남겨주신 이 지도에는 아침, 점심, 저녁, 밤을 찾는 방향이 잘 그려져 있어. 할아버지가 살아계실 때 이 지도를 펼쳐서 힘들고 지칠 때는 아침을 찾아 떠나보라고 하셨어. 할아버지가 너무 그리워서 무작정 떠나왔어. 조금 전에 너희를 만난 곳에서 방향을 잃고 말았지."

방울토마토의 이야기에 리온과 해바라기가 고개를 끄덕였지요. 그리고 방울토마토가 가리키는 지도의 한 지점을 보았어요. 그곳은 바로 아침이 있는 자리였어요. 그곳은 언덕이기도 하고 들판이기도 하며 지붕이기도 했어요. 리온은 로라가 건네준 귤이 떠올랐어요. 해바라기가 말했어요.

"나, 좀 피곤해. 너무 오래 걸었나 봐."

하며 몸을 쭉 펴고 누웠어요. 그러자 동글동글 방울토마토도 해바라기의 잎을 덮으며 눕고 말았지요. 리온도 해바라기의 옆에 누우며 하늘을 다시 올려다봤어요. 여전히 하늘은 온통 검은색이고, 별은 계속 반짝이고 있었어요. 그때, 별똥별 하나가 떨어졌어요. 리온은 별똥별이 떨어진 방향으로 몸을 돌리며 기도했어요.

'아침을 찾게 해주세요.'

톡, 톡, 톡.

무언가가 리온의 얼굴에 떨어졌어요. 리온은 깜짝 놀라 일어났어요. 분명 별똥별에게 기도한 것까지 기억이 나는데 깜빡 잠이 들었었나 봐요. 빗방울이 거세게 후두두! 떨어지기 시작했어요. 리온이 일행이 잠든 나무둥치는 하늘이 그대로 보이는 곳이었거든요. 비를 피할 수 있는 곳을 찾아야 했어요. 리온은 해바라기와 방울토마토를 깨웠어요. 해바라기는 금방 눈을 떴지만, 방울토마토는 깨지 않았어요. 리온은 주변을 둘러봤어요. 큰 나무를 발견하고 달려가 살펴보았어요. 큰 나무 아래에는 자라다가 잘린 듯한 작은 나무둥치가 있었어요. 리온은 아직 깨어나지 않은 방울토마토를 안고 큰 나무쪽으로 달려갔어요. 해바라기도 서둘렀지요. 큰 나무 아래로 들어가자마자 빗방울은 굵어지고 거세게 내리기 시작했어요. 방울토마토는 여전히 새근새근 잠을 자고 있고 해바라기는 젖은 얼굴을 툭툭 털었어요. 리온도 머리에 묻은 빗방울을 털어냈어요.

"이 비가 금세 그칠까?"

"그러게? 아침을 찾으러 가려면 비가 그쳐야 할 텐데. 금방 그치겠지?"

해바라기가 걱정스러운 말투로 물었지만 리온도 장담할 수 없었지요. 리온은 해바라기의 얼굴을 뚫어져라하고 바라봤어요. 해바라기는 멀뚱한 표정으로 물었어요.

"왜 그래? 뭘 그렇게 쳐다봐? 민망하게……."

"너, 있잖아. 해바라기 맞아?"

"보고도 몰라? 해바라기지. 내가 해바라기가 아니면 뭔데?

"너, 꼭 소시지 닮았어. 우리 아빠가 내게 '이건 아침이야.' 하고 주신 소시지 같아. 달걀을 쓴 소시지 말이야."

이 말에 토라진 해바라기는 자존심 상한다며 방울토마토를 끌어안고는 눈을 감아버렸어요.

로라의 토라진 얼굴과 해바라기의 표정이 겹쳤어요. 리온은 아침을 찾으면 로라에게 사과해야겠다고 생각했어요. 해바라기가 그렇게 꼭 껴안아도 방울토마토는 꿈쩍 않고 계속 잠을 잤어요. 리온은 방울토마토가 아프면 어쩌나 하고 염려됐지요. 그런데, 눈은 왜 이렇게 무거운 걸까요? 눈을 크게 뜨려고 할수록 자꾸만 눈이 감겼어요.

리온은 기지개를 켜며 눈을 떴어요. 비는 그쳤지만, 아직 아침을 찾지 못했다는 실망에 슬퍼졌어요. 리온은 해바라기와 방울토마토를 흔들어 깨웠어요. 해바라기가 몸을 뒤척이는 바람에 방울토마토가 데굴데굴 굴러서 나무둥치 아래로 떨어지고 말았어요.

아야!

이 소리에 놀란 건 해바라기와 리온 뿐이 아니었나 봐요.

"누구야?! 밤새 비 때문에 잠을 설쳐서 늦잠 좀 자려고 했더니!"

짜증 섞인 목소리의 주인공은 바로 호랑나비였어요. 호랑나비는 날개를 펄럭이며 리온이 일행에게 다가왔어요. 리온은 얼른 방울토마토를 안아 올리며 미안하다고 고개를 숙였지요.

"난 이 숲에서 태어났지만, 너희는 처음 보는 아이들이군. 그리고 너, 동글동글한 넌 정말 처음 봐. 이름이 뭐야?"

"난, 방울토마토. 넌?"

"난, 호랑나비. 태어난 지 3일 됐어. 여기서 멀리까지 날아가 봤지만, 이 나무가 아침을 맞이하기에 제일 좋은 장소라는 걸 알았어."

"뭐? 아침?"

셋은 동시에 외쳤어요. 호랑나비는 놀란 표정을 짓더니 웬 수선이냐는 표정으로 말했어요.

"그래, 아침. 왜? 아침이 중요해?"

"그럼. 우리에겐 아주 중요해. 우리 셋은 아침을 찾아가는 중이거든."

"아침을 왜 찾아가?"

호랑나비의 질문에 먼저 리온이 말했어요. 휴일에 저녁이 너무 빨리 왔기 때문에 속상했던 이야기를 들려줬어요. 그래서 아침을 돌려받으러 가는 길이라고 말이에요. 그다음엔 해바라기가 말했어요.

"난, 해님이 좋아. 해님이 들려주는 이야기는 아주 따뜻하거든. 때론 너무 진지해서 숨도 쉴 수 없지만, 하루도 보지 않으면 내가 우울해져. 그래서 아침을 찾아서 해님과 오래 지내는 방법을 물어보려고 해."

마지막으로 방울토마토가 말했어.

"난, 우리 할아버지가 무척 그리워. 할아버지가 힘들고 괴로울 때 아침을 맞이하면 기운이 솟는다고 하셨거든. 그래서 그리운 할아버지를 오래도록 마음에 두는 방법을 물어

보고 싶어."

호랑나비는 고개를 끄덕이더니 자기의 더듬이를 한번 쭉 훑어 내렸어요. 그리고는 어디론가 홀쩍 날아가 버렸어요. 셋은 당황스러웠어요. 뭐지? 방울토마토는 어리둥절한 표정을 감추지 못하며 짜증스럽게 투덜거렸어요. 그 모습을 바라보며 해바라기가 말했어요.

"그만해. 호랑나비도 이유가 있겠지. 고개를 끄덕이는 걸 보니 뭔가 생각난 것도 같던데. 좀 기다려보자. 아침을 찾는 방법을 알려줄지도 모르잖아."

"그래. 해바라기 말대로 좀 기다려보자. 응?"

그제야 방울토마토는 데굴데굴 구르는 걸 그만뒀어요.

셋은 다시 지도를 펼치고 아침의 방향을 찾아보기로 했어요. 그렇게 셋이 이야기를 나누고 있을 때였어요. 말도 없이 홀쩍 날아갔던 호랑나비가 돌아왔어요. 옆에는 사슴벌레가 있었어요. 호랑나비가 사슴벌레에게 깍듯한 높임말로 리온이 일행을 소개했어요.

"어르신, 이 아이들이 아침을 찾으러 가는 중이라고 합니다."

"이 아이들이란 말이지?"

사슴벌레는 리온이 일행 주변을 한 바퀴를 돈 후 나무둥치 중앙에 내려앉았어요. 사슴벌레는 큰 턱을 두어 번 탁탁 치고 딱지날개를 펼쳤다가 모았어요.

"아침을 찾으러 간다는 말이지?"

리온이와 방울토마토, 해바라기는 고개를 끄덕였어요.

"그래, 너희들 사정은 대충 들었다. 우리가 사는 세상은 매일 아침, 점심, 저녁이 있지. 밤도 있고. 그래서 하루가 되는 거란다. 해가 뜨는 아침도 있고 비가 내리거나 눈이 내리는 아침도 있지. 안개가 자욱한 아침도 있지만, 난 눈이 내리는 아침은 모른단다. 이웃에 살던 고라니가 전해주었지. 매일 찾아오는 아침은 찾으려 애쓰지 않아도 오니까 귀하게 생각하지 않는 것 같다. 너, 리온이라고 했니?"

리온이가 고개를 끄덕이자 사슴벌레가 말을 이었어요.

"너도 밤에 자고 일어나면 아침이 오니까 하루가 얼마나 귀한 것인지 몰랐던 거야. 너도 그런 경험을 한 모양이구나."

"매일 아침이 오지만 귀한 줄을 모른다구요?"

"그렇지. 매일 오니까 귀한 줄을 모르지. 나도 그랬고, 여기 호랑나비도 그랬고, 저어기 매미 할아버지도 그랬다더구나. 귀한 건 금방 흘러가거든. 매일 오는 것이니까 모를 뿐이지. 더 중요한 건 말이야, 아침이 오면 감사하다고 해야

해. 사랑하는 가족과 친구도 만나고 하고 싶은 일도 할 수 있으니까. 그러면 소중한 것들, 방울토마토의 할아버지도 오래도록 마음에 살아 계시는 거지."

리온은 사슴벌레의 말이 너무 어렵게 들렸어요. 귀한 건 금방 흘러간다, 매일 오니까 귀한 줄 모른다는 말이 그랬어요. 그때였죠. 호랑나비가 큰 소리로 외쳤어요.

"어르신! 저기 해가 떠오릅니다."

"오! 그렇구나, 아침이 왔구나."

호랑나비와 사슴벌레는 날개를 펼치고 날아올랐어요. 그들은 금방 빛나는 하늘로 사라지고 말았지요. 리온이와 해바라기, 방울토마토는 떠오르는 태양을 보았어요. 환하게 태양이 떠오르는 모습에 눈이 부셨어요. 로라가 건네준 귤보다 더 작아 보이는 태양이었지만 훨씬 눈이 부셨어요. 누군가 리온의 옷자락을 잡아당겼어요. 고개를 돌리니 해바라기와 방울토마토였어요. 그들의 모습이 점점 희미해져 가고 있었어요. 리온은 큰 소리로 말했어요.

"아니야, 그렇게 사라지면 안 돼! 안 된다구!"

"오빠! 학교 가야지. 늦어. 얼른 일어나!"

"학교?"

리온이 벌떡 일어나 앉자 로라가 깔깔대며 웃었습니다.

"역시, 오빠는 학교에 늦는다고 해야 일어나지? 어서 준비해. 오늘 샐비어공원에 가기로 했잖아. 빨간 꽃을 피우는 샐비어와 보라색 꽃을 피우는 블루 세이지가 핀 공원 말이야."

"오늘, 월요일이 아니라 일요일이야?"

"그래. 토요일에 오빠가 온종일 유튜브만 봐서 '내 아침을 돌려줘!' 하면서 징징대고 울었잖아. 기억 안 나?"

"아! 꿈이었구나."

"근데, 오빠! 혼잣말하던데. 뭐지? '그렇게 사라지면 어떡해?' 그러던데, 뭐야?"

"아니야. 잠꼬대였나 보네."

"하여튼, 얼른 준비해. 엄마랑 아빠가 아침밥 차리고 계셔. 아참! 내가 준 귤은 잘 챙겼지?"

로라가 눈을 찡긋하며 리온의 손에 들린 귤을 가리켰어요.

리온은 자기 손에 들린 귤과 로라가 이야기한 샐비어 꽃을 생각했어요. 가슴이 뛰기 시작했어요. 빨간색과 보라색 꽃이 핀 공원이 눈앞에 펼쳐지는 것 같았어요. 게다가 아침을 돌려받았다는 생각에 안심이 되었어요. 아침은 돌려받는 게 아니라는 것도 이젠 알아요. 매일 찾아오는 아침, 정말 귀해서 아주 짧게 느끼는 시간이라는 것도 말이에요. 사슴벌레가 들려준 이야기가 무엇을 의미하는지 이제 조금 알 것 같아요. 늘 깨끗한 방, 엄마가 차려주시는 밥상, 아빠의 다정한 목소리와 동생 로라가 책 읽는 모습이 정말 소중하게 다가왔어요. 엄마 목소리가 점점 커지고 있어요.

"네, 나가요!"

쏜살이와 무디의 구출작전

토끼 쏜살이와 거북이 무디는 별주부마을에 살아. 쏜살이
와 무디가 사는 마을은 바다를 끼고 있는 어촌이야. 무디의
부모님은 바닷가에서 양식장을 운영하시고, 쏜살의 부모님
은 당근식물원을 운영하셔. 쏜살이네 당근식물원은 별주부
마을 뿐만 아니라 가까운 도시까지 유명해.

부모님의 직업에 따라서 무디는 바닷가에, 쏜살은 숲속에
살았지. 서로 지내는 곳은 달라도 둘은 아기 때부터 사이좋
게 지냈어. 늘 함께하면서 웃고 장난치며 서로의 꿈을 이야
기했지. 부모님들도 친하게 지내셨기 때문에 가족끼리 만
나는 날도 많았어. 그런데 지금은 둘이서만 자주 만나. 부모
님들은 일이 바빠셔서 자주 만나지 못하게 되었거든. 쏜살
이네와 무디네 부모님이 운영하시는 식물원과 양식장은 날
씨의 영향을 많이 받거든. 늘 주변을 살펴야 해. 양식장에

해조류나 생선을 사러 오는 손님과 식물원을 찾는 손님들이 안전해야 하니까.

둘은 만나면 바닷가에서도 놀고 산속에서도 놀았어. 하지만 쏜살이가 바닷가로 내려오는 일은 거의 없었어. 무디가 부모님을 도와주는 날에는 쏜살이가 무디의 집으로 왔어. 이건 아주 가끔 있는 일이야. 무디는 숲속에서 놀자고 약속한 날이면 아침 일찍 길을 나서야 했어. 무디는 엉금엉금 걸어서 쏜살이와 약속한 시각에 도착하려면 해가 뜨기 전에 출발해야 했거든. 그러다 보니 무디는 밤새는 날이 많았어. 왜냐하면 무디는 잠을 오랫동안 자는 버릇이 있거든. 무디의 부모님은 쏜살이와 약속할 때 마을의 중간에서 만나자고 하면 될 텐데 하시며 안쓰러워 하셨지. 어른들은 이럴 때 사서 고생한다고 하셔.

쏜살이의 부모님이 운영하시는 당근식물원에는 커다란 당근을 뚫어서 만든 터널도 있어. 더 유명한 건 말이야, 당근으로 만든 궁전이야. 지붕도 섬세하게 만들었지만 당근으로 만든 문을 열면 잘 꾸며진 침실과 거실이 있는 거야. 무디가 쏜살이네 집으로 가면 쏜살이 부모님은 식물원 안에서 숨바꼭질을 하고 휴식도 취할 수 있게 자리를 만들어 주셨어. 쏜살이와 무디는 그 궁전에서 노는 걸 엄청 좋아했어. 음악을 감상하고 영화도 볼 수 있거든. 단, 식물원에서 꼭 지켜야 하는 약속이 있었어. 절대 다치면 안 된다는 게 식물원의 규칙이야. 무디와 쏜살이는 지금까지 그 약속을 잘 지키며 놀았어.

햇살이 점점 뜨거워지는 초여름의 어느 날이었어.
그날은 쏜살이와 무디가 굉장한 놀이를 하기로 한 날이었어. 쏜살이의 부모님이 커다란 당근으로 소라 모양의 미끄럼틀을 만드셨대. 소라미끄럼틀에서 쭈욱~ 미끄러지면 그네에 도착한다고 쏜살이가 말했어. 무디는 상상만 해도 기분이 좋았어. 커다란 미끄럼틀이라니! 더군다나 소라미끄럼틀은 검정 당근으로 만든 거래. 그런데 말이야, 무디가 늦잠을 잔 거지.

약속 전날 밤에 무디는 부모님이 잡아 오신 작은 물고기와 조개, 해초를 옮기는 걸 도와드렸거든. 평소에도 쏜살이와 약속을 한 날이면 약속을 지키기 위해서 잠을 자지 않았기 때문에 무디는 문제없다고 생각했었지. 평소보다 부모님을 도와드리는 일은 길어졌지 뭐야. 다리도 후들거리고, 어깨도 아파서 쏜살이와의 약속을 미뤄야겠다고 생각했지. 그렇게 생각할 때 엄마가 맛있는 미역수프를 끓여주셨어. 부드러운 미역수프를 먹었더니 졸리는 거야. 무디가 미역수프를 먹는 동안 엄마와 아빠는 오늘 바다에서 본 풍경을 이야기해주셨어.

살구꽃 빛깔의 노을이 수평선 저 멀리까지 닿았고 그 끝에 마치 커다란 엄마고래처럼 섬이 우뚝 서 있었대. 그 섬 옆에는 작은 배가 아기고래처럼 물결을 가르며 가는데, 물결 끝에는 수평선 아래 반쯤 잠긴 태양이 수상스키를 타는 듯 물에 잠겼다 떠오르기를 반복했대. 그 이야기를 들으며 무디는 '나도 얼른 자라서 엄마 아빠가 본 풍경을 보고 싶다.'고 생각했어. 그러다 깜빡 잠이 들었네. 비는 유리창에서 미끄럼을 타기 시작했어.

무디는 벌떡 일어나 시간을 봤어. 큰일 났다!
"엄마! 왜 나를 안 깨우셨어요?"
하며 허겁지겁 모자를 쓰고 물을 한 컵 마셨어.
엄마가 말씀하셨지.

"네가 너무 피곤한지 여러 번 깨웠는데도 일어나지 않았어."

무디는 늦었다며 엄마에게 인사도 하는 둥 마는 둥 하며 집을 나섰어. 마당에 나갔더니 어라? 쏜살이가 와 있네.

쏜살이가 시무룩하니 말했어.

"우리 엄마가 너희 집에 가서 놀라고 했어. 네가 못 일어난다고 아줌마가 전화하셨대."

"미안해, 쏜살아. 내가 그만 잠이 깊이 들었지 뭐야. 이렇게 와줘서 고마워."

"됐어! 난 오늘 너와 놀지 않을 거야. 우리 엄마가 너희 집에 다녀오라고 해서 온 것뿐이야."

쏜살이는 뾰로통한 표정으로 무디를 노려보더니 대문을 열고 뛰어갔어. 무디도 뒤따라갔지만, 쏜살이는 이미 보이지 않았어. 무디는 입을 삐죽 내밀고 길을 한참 바라보다 집으로 들어갔어.

"쏜살이 못 만났니? 쏜살이 엄마가 전화했는데. 우리 집에서 놀 거라고."

"엄마 때문이잖아요! 날 깨워줬으면 쏜살이 집에서 신나게 놀 수 있었는데. 힝! 쏜살이가 화가 났단 말이에요. 오늘은 당근미끄럼틀을 타고 신나게 놀기로 했는데. 이제 쏜살이가 나랑 안 놀면 어떡할 거예요? 네?"

무디는 엄마의 말을 제대로 듣지 않고 자기 방으로 들어거면서 방문을 쾅 닫아버렸어.

무디는 방에 웅크리고 앉아서 쏜살이에게 문자를 보냈어.

"쏜살아, 미안해. 정말 미안해."

하지만 쏜살에게선 답이 없었어.

그렇게 하루, 이틀…… 며칠이 지났지.

화창한 목요일, 눈이 부신 태양이 방긋 웃으며 꽃들과 그림자놀이를 즐기는 날이었어. 무디는 학교에서 매일 쏜살이를 만났어. 하지만 쏜살이는 무디를 피하기만 했어. 무슨 말이라도 하고 싶었지만 다른 친구와 가버렸어. 쏜살이가 보여서 열심히 걸어도 쏜살이는 금방 사라지거나 휑하니 돌아서버렸어. 그렇게 며칠을 보냈어. 일이 생긴 건 오후 체육활동시간이었어.

50미터 달리기가 있었어. 무디는 늘 그렇듯 달리기는 반에서 제일 꼴찌였어. 점심을 먹으면서 오늘은 꼭 1초라도 일찍 달릴 거라고 다짐했지만 허사였지. 지난주와 똑같이 5분을 훌쩍 넘겨버렸지 뭐야. 기분이 시무룩해진 무디가 그늘에 앉아 막 땀을 닦으려는데 쏜살이가 몇몇 친구와 함께 다가왔어.

"무디, 넌 항상 그렇게 느리냐? 하긴 나도 너와 놀이할 때마다 느꼈던 건데, 넌 정말 너무 느려 터졌어."

"그러게. 지난주에도 네가 우리 반에서 맨 꼴찌였잖아. 운동은 좀 하냐?"

"너희들, 점심시간에 무디가 밥 먹는 거 못 봤어? 얼마나 많이 먹었는지 몰라. 그러니 달리기가 매번 늦지!"

쏜살이와 친구들은 무디에게 핀잔을 주며 놀려댔어. 무디는 너무 속상했지만 참았어. 사실이니까. 밥을 많이 먹은 것도 사실이고, 기록도 지난주와 똑같고, 쏜살이와 놀 때도 너무 느리다며 얼른 해보라는 말을 자주 들었거든. 무디는 한숨이 절로 나왔어. 평소의 쏜살이는 친절하게 기다려주고 느린 자기를 위해서 이미 끝난 놀이도 다시 해주곤 했거든. 달리기나 신체를 많이 움직이는 놀이는 무디가 힘들어한다는 걸 쏜살이는 너무 잘 알고 있었어. 신체 놀이와 움직이지 않는 놀이를 번갈아 가며 놀았었지.

예를 들면, 달리기를 먼저 했다면 그다음에는 퍼즐 맞추기를 했어. 정말 중요한 건 놀이에 빠져서 무디가 넘어질 때 쏜살이가 항상 도와주었다는 거야.

히잉.

무디는 기분이 울적했어. 다른 친구들과 운동장 끝으로 달려가는 쏜살이를 보니 저도 모르게 눈물이 흘렀어. 무디가 속상한 마음을 겨우 진정시키고 털레털레 집으로 돌아가는 길이었어. 쏜살이는 친구 몇몇과 신나게 달리기를 하며 즐겁게 놀고 있었지. 무디와 눈이 마주친 쏜살이는 얼른 얼굴을 돌려버렸어. 자기를 한참 동안 바라보는 무디에게 더 이상 눈길도 주지 않았어. 무디는 이러다 정말 쏜살이와 사이가 점점 더 멀어지면 어쩌나 하는 걱정이 생겼어.

무디는 선생님이 내주신 숙제를 마치고 바닷가에 나갔어. 육지에서는 아주 느리지만 바다에서는 굉장히 빠르다는 걸 친구들은 잘 몰라. 학교에서는 늘 느리니까. 친구들 대부분은 헤엄치는 걸 좋아하지 않기 때문에 바닷물에 풍덩 빠져서 헤엄치는 즐거움을 모르지. 바다 속 풍경을 볼 수 있다면 친구들도 무척 놀랄 거야. 산이나 숲처럼 바다 속에도 여러 가지 식물과 숲이 있거든.

무디가 엉금엉금 걸어서, 사실 엄청 빠르게 달리는 중이었어. 방파제로 갈 때였어. 분명 산 중턱에서 놀고 있는 쏜살이를 봤는데 어느샌가 무디 옆에 와 있는 거야.

"내가 산 중턱에서 놀다가 뛰어 내려왔는데도 아직 여기야?"

방파제 끝까지 가려면 얼마 남지 않았는데, 쏜살이가 따라잡고는 의기양양해서 무디를 놀렸어. 이렇게 느리니까, 다른 친구들은 놀아주지 않는다고 비아냥거렸어.

"네가 지난번에 약속을 깨는 바람에 난 다른 친구들과 놀았어. 너랑 놀 때보다 훨씬 재밌더라."

쏜살이는 뒷걸음으로 달리며 무디의 걸음이 느리다고 또 놀렸어. 무디는 속으로 눈물을 흘렸지.

"나는 말이야~ 바다에서는 엄청 빠르다구!"

방파제 끝까지 달려갔던 쏜살이가 되돌아오며 물었어.

"뭐라고? 누가 빠르다고?"

"내 말 못 들었어?"

"누가 빠르다고? 네가 나보다 빠르단 말이야? 이 바다에서는?"

무디는 고개를 숙이고 작은 목소리로 대답했어.

"그래, 난 바다에서는 엄청 빠르단 말이야."

"뭐라는 거야? 하, 하, 하, 하, 하."

쏜살이가 자신의 커다란 귀를 잡아당기며 크게 웃었어.

무디가 진짜라고 몇 번을 말했어. 그렇지만 쏜살이는 비웃듯이 친구들을 불렀지.

"얘들아, 무디가 나보다 빠르데!"

뭐라구? 친구들이 하나둘 모여들며 물었어.

"내가 언제 너보다 빠르다고 했어? 바다에서 그렇다는 거지."

무디가 기어들어 가는 목소리로 말했어. 친구들은 무디를 둘러싸고는 놀렸어.

"네가 정말 쏜살이보다 빠르단 말이지? 그럼 내기하자. 어때?"

"그렇지? 네가 거짓말한 거지?"

무디가 주춤거리자 다른 친구가 거들며 말했어.

"아니야! 난 쏜살이보다 엄청나게 빨라, 바다에서는!"

무디의 이 말에 갑자기 주위가 조용해졌어. 지금까지 무디가 바다에서 달리기하는 모습을 본 적이 없었거든. 그러자 누군가가 말했어.

"허풍쟁이! 네가 어떻게 쏜살이를 이겨? 쏜살이는 바다에서도 제일 빠를 걸?"

하며 쏜살이를 바라보았지. 그러자 쏜살이가 한 발 앞으로 나오며 말했어.

"그럼, 나는 바다에서도 제일 빨라."

하지만 쏜살이는 자신이 없었어. 한 번도 바다에서 달리기를 해본 적이 없었거든. 그렇다고 친구들 앞에서 바다에서 달리기를 해본 적이 없다고 할 수도 없었어. 주변의 친구들이 모두 쏜살이를 응원하기 시작했어.

"그럼, 우리 내기하자. 저기 바다에 있는 섬 보이지? 저기까지 누가 더 빨리 가나. 어때?"

쏜살이는 의기양양하게 제안했어. 그러자 무디가 물었어.

"쏜살아, 너 정말 괜찮겠어? 바다는 육지와 달라도 너무 다른데……."

그러자 무디의 말이 끝나기도 전에 쏜살이가 말했어.

"다르긴 뭐가 달라? 저 산 정상까지 너랑 나랑 달리기할 때 내가 여러 번 이겼잖아. 오늘도 이길 수 있어. 걱정하지 마!"

"너의 그 멋진 털이 젖어버릴 텐데, 정말 괜찮겠어?"

쏜살이는 정말 괜찮다고 했지만, 무디는 너무나도 걱정이 되었어. 무디는 한 가지 꾀를 냈어. 쏜살이에게 배를 타라고 권했어. 배를 타고 달리면 쏜살이의 털이 젖지 않을 테니까.

무디는 수달인 달해 아저씨에게 부탁했어. 달해 아저씨는 흔쾌히 들어주셨어. 드디어 쏜살이와 무디의 경주가 시작

되었어.

출발!

이겨라, 쏜살이 이겨라!

친구들은 모두 쏜살이를 응원했어. 무디는 조금 슬펐어. 그때, 들릴 듯 말 듯 '무디 이겨라.' 하는 소리가 들렸어. 칠게 센티였어. 달해 아저씨의 배는 통통배였어. 쏜살이가 생각했던 것보다 속도가 느렸어. 무디가 배 옆을 스치고 지나갈 때였어. 쏜살이는 달해 아저씨에게 더 빨리 달리라고 조르다가 그만, 물에 풍덩 빠지고 말았어!

배를 막 앞지르기 시작한 무디는 뒤에서 들리는 소리에 돌아보았어. 무디는 바다에 빠진 쏜살이가 걱정돼서 앞으로 나아갈 수가 없었어. 달해 아저씨가 쏜살에게 긴 막대를 내밀었지만

"저도 무디처럼 헤엄칠 수 있어요."

라며 막대기를 뿌리치고 말았지. 달해 아저씨가 그러면 큰일 난다고 했지만 쏜살이는 계속 고집을 부렸어.

"이런, 어쩌나······."

털이 물에 젖어 자꾸 가라앉는 쏜살이에게 달해 아저씨가 정말 위험해진다고 얼른 막대를 잡으라고 했어. 그렇지만 쏜살이는 고집을 피우며 끝내 잡지 않았어. 달해 아저씨

는 너무 고집을 부리는 쏜살이를 두고 방파제 쪽으로 돌아
가 버렸어.

달해 아저씨가 돌아가고 난 뒤 쏜살이는 후회했어. 몸이
점점 바다 속으로 가라앉는 걸 느꼈거든. 소리를 지를수록
입으로 바닷물만 자꾸 가득 찼어. 발을 움직일수록 점점 바
다 속으로 가라앉았어.

쏜살이는 점점 두려워졌어. 바닷물이 입으로 들어오고 몸
은 점점 무거워져서 더 이상 발을 움직일 수가 없게 됐어.

꼬르륵, 한 번.

꼬르륵, 두 번.

꼬르륵, 세 번.

누군가가 쏜살의 귀를 잡아당겼어.

친구들의 애타는 목소리가 들리고 엄마 아빠의 걱정스러
운 목소리가 들렸어. 하지만 쏜살은 눈을 뜰 수 없었지. 쏜
살은 며칠 동안 학교에도 가지 못했어. 바다에 빠진 후 몸이
매우 아팠거든.

쏜살이가 깨어났을 때는 밖에 비가 막 그치고 물안개가
능선을 타고 오르내리는 저녁이었어. 엄마 아빠는 집을 따

뜻하게 하시느라 바쁘셨어. 쏜살이가 혹시라도 감기에 걸려 더 힘들까봐 말이야.

쏜살이가 깨어난 걸 보신 엄마가 따뜻한 당근우유를 가져다주셨어.

"많이 놀랐지? 무디가 아니었으면 큰일 날 뻔 했어. 그런데, 바다에는 왜 들어갔니?"

걱정스러운 표정으로 엄마가 물으셨어. 쏜살이는 미적거리며 웅얼거렸어. 엄마의 걱정스러워하는 눈과 마주치니 더 속상했어. 엄마가 쏜살이를 안아주시며 다정하게 등을 토닥여주셨지. 쏜살이는 떨리는 마음을 가라앉히며 대답했어.

"제가 무디에게 바다에서 달리기 시합하자고 했어요."

"뭐? 달리기 시합! 바다에서?"

엄마의 목소리가 너무 컸는지 아빠가 달려오셨어.

"뭐라고? 바다에서 뭘 했다고?"

"아니, 얘가 겁도 없이 무디에게 바다에서 달리기 시합하자고 했대요!"

"아니, 무디가 바다에서 달리기 시합하자고 했다고?"

흥분한 아빠는 팔을 걷어 올리며 무디에게 달려가려고 했어. 이런 아빠를 말린 건 엄마였어. 엄마가 아빠에게 시원한 당근주스를 드리고 아빠는 벌컥벌컥 한잔을 단숨에 들이키셨어.

"여보, 무디가 아니라 우리 쏜살이가 하자고 했대요."

어리둥절한 표정으로 아빠는 쏜살이를 바라보셨어. 쏜살이는 아빠의 표정이 무섭기도 하고 부끄러워서 눈물을 흘렸어. 엄마가 쏜살이의 손을 잡아주셨어. 쏜살이는 울먹이는 목소리로 말했어.

"제가 학교 숙제를 마치고 밖으로 나갔는데, 멀리서 무디가 방파제로 가더라고요. 제가 냅다 달려서 무디에게 갔는데 아직도 방파제 끝에 도착도 안 했어요. 그래서 제가 무디를 느려 터졌다고 놀렸어요. 언덕에서 놀고 있던 친구들을 불러서 함께 놀렸어요. 그러자 무디가 자기는 바다에서는 엄청 빠르다고 하더라고요. 제가 그 말을 듣고 막 웃으면서 달리기 시합하자고 했어요. 무디는 내게 정말 괜찮겠냐고 여러 번 물었거든요. 근데 저는 으쓱해져서 무디가 걱정하는 마음을 못 들은 거죠."

아빠는 쏜살이의 말을 듣고 손바닥으로 이마를 치며 물었어.

"아니, 친구를 왜 놀려. 무디는 원래 육지에서는 느려. 그건 네가 더 잘 알잖아!"

"네, 제가 잘 알아요."

"그런데도 무디를 놀렸단 말이야? 그것도 친구들까지 불러서?"

아빠가 벌떡 일어나며 화를 내셨어. 엄마도 머리를 흔들며 쏜살이를 바라봤어. 두 분의 하얀 털이 빨간색으로 변할 듯했어. 쏜살이는 너무 속상해서 울음이 터지고 말았어.

엄마와 아빠는 울고 있는 쏜살이를 두고 방을 나서서 서둘러 무디 집으로 달려가셨어. 쏜살이는 엄마 아빠가 집을 나서는 모습을 창문으로 보았어. 부모님의 마음이 얼마나 속상하실까 생각하니 자신의 하얀 털도 빨갛게 물들 것 같았어. 엄마가 주신 당근우유를 싱크대에 확! 부어버렸지.

쏜살이 엄마와 아빠를 반기는 무디를 보며 두 분은 사과했어.

"오셨어요. 쏜살이는요?"

무디가 대문 밖을 바라보며 물었지만 두 분은 그저 미안하다고만 할 뿐이었어. 무디는 대문 밖으로 고개를 쑥 빼보았지만, 쏜살이는 보이지 않았어.

"엄마, 아빠! 쏜살이 부모님이 오셨어요."

무디의 부름에 엄마와 아빠가 나오셨어. 두 분은 쏜살이 부모님을 모시고 집으로 들어가셨지. 마당에서 혼자 공놀이하며 시간을 보내려던 무디는 쏜살이가 무척 궁금했어. 가지고 놀던 공을 바구니에 정리한 후 무디는 집으로 들어갔어. 쏜살이의 소식이 궁금해서 참을 수가 없었거든.

쏜살이 부모님은 무디 부모님께 계속 고개를 숙이며 미안하다고 하셨어.

"아유, 쏜살이 엄마 아빠. 인제 그만 해요. 쏜살이가 깨어났다니 정말 다행입니다."

"아니에요. 우리 아이 때문에 무디가 친구들에게 놀림을 받았다는데 어떻게 그만합니까. 부디 용서해주세요. 저희가 쏜살이에게 어떤 벌을 주면 좋을까요?"

"벌이라니요? 쏜살이가 물에 빠졌을 때 다행히 무디가 옆에 있었대요. 우리 아이도 잘못했지요. 쏜살이가 바다에서 달리기 시합하잔다고 냉큼 오냐, 한 것도 잘한 건 아니에요. 그러니 두 분, 인제 그만 해요."

무디가 두 부모님의 말씀을 가로막으며 물었어.

"저기, 아줌마 아저씨! 쏜살이는 이제 괜찮아요?"

"어?"

"쏜살이가 깨어났어요?"

쏜살이 부모님은 그렇다고 대답했어. 두 분의 말씀에 무디는 자기 방으로 들어가 가방을 메고 나왔어.

"아줌마 아저씨, 제가 댁에 쏜살이 만나러 가도 될까요?"

쏜살이 부모님은 얼떨결에 고개를 끄덕였어. 하지만 무디 부모님은 안 된다고 하셨지. 왜냐하면 곧 해가 질 시간이었거든. 그러자 무디는 자신 있게 말했어.

"쏜살이네 집까지 가는 지름길을 알아요. 그리고 스마트폰으로 제가 어디 있는지 위치 추적하시면 되잖아요. 제가 부지런히 걸어가면 아마 한 시간 뒤에는 쏜살이를 만날 수 있을 거예요."

무디의 말에 쏜살이 엄마가 말했어.

"그러지 말고, 우리랑 같이 가자."

"아니에요. 제가 전화를 걸게요. 전화를 안 받으면 문자로 제가 간다고 알려주면 돼요. 그리고 이제는 저희끼리 이야기할 만큼 자랐어요."

그때였지, 누군가가 현관문을 두드렸어. 무디가 현관문을 열어보니 이웃집 칠게 센티였어. 센티는 쏜살이 부모님께 인사를 드리고는 이렇게 말했어.

"아저씨, 아줌마. 오늘 무디 아니었음 쏜살이는 벌써……."

무디는 얼른 센티의 입을 막으며 밖으로 나왔어.

"너는 그런 이야기를 왜 해? 쏜살이 부모님이 얼마나 걱정하시겠어?"

"야, 넌 그게 문제야. 너는 쏜살이 때문에 오늘 마음을 다 쳤잖아. 속상하지도 않아?"

"그래, 나도 속상해. 하지만 쏜살이는 내 친구잖아."

"아무리 친구여도 친구가 못하는 걸 들추면서 놀리는 건 잘못한 거야."

"그럼, 넌 그때 왜 가만히 있었어? 그렇게 잘 알면서 왜 가만히 있었어? 너도 다른 친구들과 같이 나를 놀렸잖아. 넌 나보다 훨씬 작으면서."

그러면서 무디가 발을 쓱 들어 올렸어. 그러자 센티가 옆으로 물러나며 소리를 질렀지.

"야! 그렇다고 친구에게 겁을 주면 되냐? 너, 그거 아주 위험한 행동이야. 알아? 네가 착한 건 아는데, 느린 건 사실이잖아. 넌 너무 많이 먹기도 하잖아. 그것도 사실이잖아. 그렇다고 내 생명을 위협하는 행동은 잘못인 거야. 빨리 사과해!"

센티는 입에 거품을 물면서 소리소리 질렀어. 아차! 쏜살이와 무디가 경주할 때 홀로 무디를 응원한 것은 센티뿐이었다는 생각이 스쳤어. 무디는 얼른 센티에게 사과했어.

"미안해. 너를 정말 밟으려고 발을 든 건 아니야. 겁만 주려던 건데, 그게 너에겐 생명을 위협당하는 일이잖아. 정말 미안해. 용서해줄 수 있어?"

"사과가 빨라서 좋네. 하지만 난 조금 고민해야겠어. 네가 사과한다고 모든 게 용서되는 건 아니야. 내가 용서해야 사과를 받은 거야. 알겠어?"

센티는 제법 어른스러운 말을 했어. 그리고 멋쩍은 듯 무디의 발등에 올라탔어. 무디는 센티를 잠시 내려다보며 생각했어.

'친구는 무엇으로 나누는 걸까. 센티와 나는 친구가 맞을까? 내가 발만 잘못 디뎌도, 내가 아무리 조심해도, 센티가 위험할 수도 있어. 쏜살이는 왜 내게 바다에서 달리기 시합하자고 했을까? 정말 자기가 헤엄을 잘 친다고 생각했던 건 아닐까? 그럼, 나는 쏜살에게 하지 말자고 왜 말하지 못했지? 쏜살이를 꼭 이기고 싶어서?'

무디의 발걸음은 더욱 느려졌어. 생각이 깊어진 탓이었던지 센티가 무디의 목에 올라타서 큰 소리로 말했어.

"너, 지금 쏜살이와 바다에서 달리기 시합했다고 후회하는 거지?"

응. 무디는 짧게 대답하며 털레털레 걸었어.

아악!

무디가 그만 맨홀에 빠지고 말았어. 그 바람에 센티도 함께 빠졌지.

누구 없어요?!

무디와 칠게 센티는 소리쳤지만 지나가는 동물이 아무도 없었어. 무디는 맨홀을 빠져나가려고 몸을 움직였어. 그렇지만 등껍질 때문에 몸을 비틀어도 소용없었지. 몸이 훨씬 작은 센티는 무디에게 이렇게 움직여, 저렇게 움직여! 하면서 자세를 바로 잡아주려고 했지만, 무디는 그만 맨홀에 꽉 끼고 말았어.

"큰일이야. 곧 어두워질 텐데."

센티는 거품을 입에 가득 물고 무디의 등껍질에서 왔다 갔다 하며 걱정스럽게 움직였지. 센티의 걸음이 너무 호들갑스러운 탓인지 무디는 조금 불쾌하다는 생각이 들었어. 센티의 옆걸음이 다, 다, 다, 다, 다. 더 불안했어. 무디는 맨홀에서 어두워지는 하늘을 올려다봤어. 넓고 넓은 하늘이 동전만한 크기로 줄어든 것 같았어. 그렇게 올려다보다 그만 꾸벅 졸았어.

전화벨이 울린 건 하늘에 촘촘하게 빛나는 별이 반짝이는 밤이었어.

"엄마……."

"쏜살이네 도착했어?"

"엄마……"

"너, 위치가 한 곳에만 있어. 무슨 일 있니?"

"저 맨홀에 빠졌어요."

"뭐라고!"

무디네 집에서 말씀을 나누던 쏜살이 부모님과 엄마 아빠는 부리나케 움직이셨어. 하지만 쏜살이 부모님과는 달리 무디 부모님은 아무리 빨리 움직여도 느린 건 어쩔 수 없었어. 쏜살이 부모님은 쏜살이에게 전화를 걸었어. 무디가 맨홀에 빠져 있으니 얼른 가보라고 말이야. 쏜살이 부모님이 현관문을 나설 때 오리 더키 엄마가 마당에 들어섰어. 뛰어가는 쏜살이 부모님을 붙잡고 무슨 일이냐고 물었어. 쏜살이 부모님이 무디가 맨홀에 빠져서 얼른 가봐야 한다고 했지. 더키 엄마는 부랴부랴 달려가는 쏜살이 부모님을 물끄러미 바라보고 있다가 허둥지둥하며 현관문을 여는 무디 부모님과 부딪혔어. 그 바람에 더키 엄마는 들고 있던 살구를 와르르 쏟고 말았어.

"아이구, 무디 엄마. 많이 놀랐겠어요. 잠시만 기다려봐. 그 걸음으로 언제 무디에게 가겠어요?"

평소에도 호들갑스러운 더키 엄마는 더키에게 전화했지. 잠시 후 더키가 동생 데커와 함께 킥보드를 하나씩 타고 나타났어.

"아줌마 아저씨, 이걸 타고 가세요. 킥보드가 두 분의 걸음보다는 빠를 거예요."

더키는 동생의 킥보드를 무디 부모님께 드렸어. 작동하는 법을 알려주는데, 더키 엄마가 옆에서 야단스럽게 말했어.

"애, 얼른 가르쳐드려. 늦겠다."

"더키 어머니, 아무리 늦어도 저희 걸음보다는 빠를 테니 걱정은 내려두세요."

"아니, 이 시국에 그런 말이……."

더키 엄마도 무디 엄마의 말이 맞다고 생각했어. 더키는 무디 부모님께 안전 모자를 쓰게 하고 앞서서 출발했어. 뒤따라가는 무디 부모님을 보면서 더키 엄마는 혼자 중얼거렸어.

"에휴, 바다에서 지내면 훨씬 편할 텐데. 자식이 뭔지. 웬수야, 웬수!"

"엄마, 웬수가 뭐예요?"

더키 엄마는 깜짝 놀랐어. 혼잣말이었는데 동생 데커가

있다는 걸 깜빡하고 너무 큰 소리로 말했지 뭐야. 더키 엄마
는 얼버무리듯 대답했어.

"그건 말이지, 너무 귀한데 조금 벅차다는 뜻이야."

"너무 귀한데, 조금 벅찬 건 뭐예요? 그게 자식이에요?"

"아니…… 아휴, 지렁이 찌개가 넘쳤겠어. 얼른 가자."

더키 엄마는 쏟아진 살구를 얼른 주워 담아 무디네 현관
문 앞에 두었어. 그리고는 날개를 파닥이며 앞서 걸었어. 동
생 데커는 고개를 갸웃거리며 엄마의 말을 이해하려고 노
력했지. 그러다가 멀어지는 엄마를 부르며 뛰어갔어. 뒤뚱
뒤뚱.

쏜살이는 엄마의 전화를 받고 부리나케 무디에게 뛰어갔
어. 무디가 빠진 맨홀은 산에서 내려오는 빗물이 바다로 내
려가도록 만든 거였어. 사슴바위로 가는 길과 쏜살이네 집
으로 오는 길, 무디네 집으로 가는 길이 나눠지는 삼거리에
있는 맨홀이었어. 쏜살이는 가방에 무디가 좋아하는 물고
기 맛 사탕과 미역부각을 준비했어. 혹시나 다쳤으면 바를
연고와 밴드도 챙기는 걸 잊지 않았어. 그런데 무디는 왜 그
곳으로 갔을까. 지름길을 알고 있는데……?

벌써 어두워진 길을 나서려니 쏜살이도 무서웠어. 하지

만 맨홀에 빠진 무디를 생각하니 더 머뭇거릴 수가 없었지.
쏜살이는 있는 힘껏 달렸어. 라이트가 달린 모자를 쓰고 달
렸지만, 돌부리에 발이 걸려 넘어지는 바람에 잠시 멈췄어.
그때, 쏜살이는 생각했어. 무디가 맨홀에 갇힌 원인이 뭘까
하고.

'물론 무디가 발을 헛디뎌서 그랬을 수도 있어. 맨홀 뚜껑
이 열려 있었거나, 망가져서 그랬을 수도 있을 거야. 그런데
내가 왜 달려가는 거지? 무디가 맨홀에 빠진 건 내 탓이 아
닌데?'

쏜살이는 일어나 뛰어가려던 걸음을 멈추고 다시 생각해
봤어. 어둠이 내려앉은 산길을 뛰어가는 이유. 쏜살이는 발
바닥으로 흙을 문지르며 생각했어.

쏜살이가 그렇게 생각에 잠겨 있을 때 전화벨이 울렸어.
엄마였어.

"아직 출발 안 했니?"

"아니요. 여기 다람쥐 침프네 바위 집 앞이에요. 돌부리에
걸려서 잠시 쉬고 있어요."

"그랬어? 다치진 않았고?"

"네."

"다행이다. 그럼 얼른 내려와. 우리도 곧 도착해. 네가 좋

아하는 친구 무디가 맨홀에서 밤을 새우는 건 위험해."

친구! 쏜살이는 그제야 깨달았어. 엄마의 전화를 받고 맨홀에 빠진 무디를 위해 앞뒤 생각하지 않고 달려 나왔던 이유가 무디는 바로 '나의 친구'였다는 것을.

쏜살이는 일어나 힘껏 달렸어. 아마, 달리기 시계로 기록했다면 벌써 달나라에 다녀온 속도였을 거야. 쏜살이가 맨홀에 도착했을 때 부모님도 도착하셨어. 잠시 후, 킥보드를 탄 무디 부모님과 더키도 도착했어.

무디 엄마가 맨홀에 대고 물었어.

"무디야, 괜찮니?"

"엄마!"

"아줌마, 저도 있어요. 칠게 센티예요!"

"너도? 넌 어때?"

"저는 괜찮아요. 무디가 힘들 거예요. 몸이 꽉 끼어 제대로 움직일 수가 없어요."

"엄마, 난 다치지는 않았어요.!"

무디의 대답에 어른들이 안심하는 목소리가 들렸어. 사실, 평소의 칠게 목소리는 아무리 크게 소리를 질러도 제대로 들리지 않았어. 그렇지만 맨홀이 스피커 역할을 해서 크게 울렸지.

쏜살이 부모님은 쏜살이에게 맨홀 안에 있는 두 아이를 살피라고 말한 뒤 집으로 달려가셨어. 당근식물원에서 사용하는 긴 밧줄을 가져오기 위해서였어. 쏜살이는 무디 부모님께 인사를 했어. 그리고 무디가 빠진 맨홀에 얼굴을 대고 소리쳤어.

"무디야!"

"어? 쏜살이?"

"그래, 나야. 정말 다친 데는 없어?"

"지금은 없는 것 같아."

그때, 더키가 말했어.

"쏜살아, 저기 다람쥐 침프와 사슴 디어를 부르는 게 좋겠어. 멧돼지 보아는 힘이 세고, 침프는 너희 부모님이 가져오시는 밧줄을 무디 몸에 묶을 수 있을 테니까. 어때?"

쏜살이는 고개를 끄덕이며 침프와 디어, 보아에게 전화했어. 디어는 할머니 댁에 가는 길이라 하고 보아는 배탈이 나서 나올 수가 없다고 했어. 다행히 침프는 곧 올 수 있다고 했지. 무디 부모님은 더키에게 좋은 생각을 해냈다고 칭찬하셨어. 그때 쏜살이 부모님이 돌아오셨어.

마침, 연락받고 달려온 침프가 말했어.

"아줌마, 제 몸에 밧줄을 묶어주세요."

"침프야, 밧줄은 무디 등껍질에 묶어. 목이나 다리에 묶으면 다칠 수가 있거든."

"네, 제가 무디에게 물어보면서 묶을게요. 얼마 전에 학교에서 배웠어요. 위급할 때 어떻게 하는지. 마침 그때 저와 무디가 짝이었거든요."

"그랬니? 다행이다. 그럼, 잘 부탁해."

무디 엄마는 무척 긴장되는지 침을 꼴깍 삼키셨어. 다람쥐 침프는 무디 엄마에게 인사를 하고 쏜살이 아빠의 신호를 기다렸어.

쏜살이 아빠는 길옆에 세워진 커다란 전봇대에 반대편 밧줄을 묶었어. 그리고 단단히 당긴 뒤 침프에게 손짓으로 내려가도 된다고 신호를 보냈어. 허리에 밧줄을 묶은 침프가 천천히 내려가기 시작했어. 쏜살이는 조바심이 났어.

그때, 어두워진 길이 조금씩 밝아지더니 맨홀 앞에서 멈췄어. 외출에서 돌아오던 송아지 우듬이 가족이었어. 우듬이 아빠가 무슨 일이냐고 물었어. 무디 아빠가 상황을 이야기하자 우듬이 아빠는 자동차를 다른 자동차들이 다니는데 불편하지 않도록 한쪽에 세우셨어.

침프가 아래로 내려가는 모습을 지켜보더니 큰 소리로 말씀하셨지.

"침프야! 무디 몸에 밧줄을 묶으면 줄을 잡아당겨라. 그럼, 여기서 끌어올리마."

우듬이 아빠의 목소리가 쩌렁쩌렁 울려서 귀가 터지는 줄 알았어. 그 바람에 맨홀에 빠졌던 무디와 칠게 센티, 다람쥐 침프까지 온몸이 흔들려서 어지러웠지. 침프가 내려가다가 말했어.

"아저씨, 조금 작은 목소리로 말씀해주세요. 온몸에 전기가 오는 것 같아요."

"그래, 그러마."

우듬이 아빠는 멋쩍어하시면서 허허 웃었어. 앗! 얼굴을 맨홀에 대고 웃는 바람에 침프와 무디, 센티는 또 귀를 틀어막아야 했어. 쏜살이 아빠가 우듬이 아빠의 꼬리를 있는 힘껏 잡아당겼어. 그러자 우듬이 아빠는 머리를 긁적이며 뒤로 한 발 물러나셨지.

침프는 맨홀에 낀 무디의 몸을 이리저리 살폈어. 그리고 학교에서 배운 대로 무디 등껍질 위로 올라갔어. 자기의 허리에서 밧줄을 풀어 무디의 몸을 감기 시작했어. 센티에게 위에서 내려오는 밧줄을 잡아달라고 부탁했지. 그다음 침프가 당길 때마다 조금씩 풀어달라고 했어. 무디의 몸은 다행히 반듯하게 끼어 있어서 학교에서 배운 대로 하니 밧줄을 묶는 일은 쉬웠어. 그런데 문제가 생겼어. 무디의 말과는 달리 등껍질과 앞다리 사이에 작은 상처가 있었어. 하필 그곳으로 밧줄이 지나가야 했지. 어쩌면 좋을지 고민한 침프는 밖으로 나와 상황을 설명했어. 침프의 이야기를 들은 쏜살이가 말했어.

"내가 밴드를 가지고 왔어. 잠시만 기다려."

쏜살이는 연고와 밴드가 들어 있는 가방을 침프에게 줬어. 하지만 쏜살이의 가방은 침프보다 훨씬 컸기 때문에, 가져갈 수가 없었어. 쏜살이가 직접 내려가겠다고 말했어. 그러자 무디 아빠가 위험할 수도 있다고 말렸지. 무디 아빠의 말씀이 끝나기도 전에 쏜살이는 밧줄을 타고 맨홀로 내려갔어. 쏜살이를 본 무디가 깜짝 놀라며 말했어.

"괜찮아? 여긴 너의 예쁜 털에 먼지가 묻을 수도 있어. 너무 더럽잖아."

"상관없어."

쏜살이는 무디가 하는 말을 듣자 씨익 웃음이 났어.

'그렇구나. 친구란 이런 거였어.'

"쏜살이, 너!"

칠게 센티가 입에 거품을 잔뜩 물고 말했어.

"너, 말이야. 무디가 아니었으면 큰일 날 뻔했어. 알아?"

쏜살이는 고개를 끄덕였어.

"그러니까, 네가 그날 무디에게 달리기 시합하자고만 안 했어도 오늘 이 일은 일어나지 않았다는 것도 알고 있지? 난 말이야. 친구를 놀리는 거 정말 싫어해. 사실, 너도 달리기 빼곤 잘하는 게 없잖아. 사슴은 멀리뛰기만 잘하고, 송아지는 노래 잘하고 힘이 세지만 게으르기도 하잖아. 오리는 목소리만 컸지 노래는 못하잖아. 그렇다고 우리가 놀리지는 않는데, 쏜살이 너는 왜 무디를 놀렸어?"

센티는 무디의 등껍질 위에서 옆으로 걸어 다니며 계속 큰소리로 끊임없이 떠들어댔어. 무디의 앞다리에 연고를 바르고 수건을 고정하던 쏜살이가 말했어.

"센티야, 잔소리 그만하고 이것 좀 끊어봐."

"뭐 잔소리? 넌 내가 잔소리꾼인 줄 아나 본데…… 아야!"

쏜살이가 센티의 발을 살짝 건드렸더니 앞으로 넘어지고 말았어.

"이 작은 줄을 끊어야 무디를 묶을 수 있어. 네 잔소리는 나중에 들을게. 약속해. 얼른 끊어 줘."

"너, 약속했다. 진짜지?"

"그래, 진짜야!"

센티는 거품을 훅 뱉어내고는 쏜살이가 내민 작은 줄을 끊었어. 쏜살이는 재빨리 무디의 몸을 단단하게 묶었어. 밧줄에 매달려 있던 다람쥐 침프에게 줄을 끌어 올려도 괜찮다고 말했어. 침프는 우듬이 아빠의 말씀대로 밧줄을 잡아 당겼어. 하지만 밧줄은 끄떡도 하지 않았어. 하는 수없이 침프는 밧줄을 타고 위로 올라갔다 내려왔어. 잠시 후, 무디의 몸이 조금 움직였어. 센티는 무디 등껍질을 묶은 밧줄에 올라탔어. 쏜살이는 무디가 크게 부딪히지 않고 올라갈 수 있도록 살폈어. 무디의 몸이 세차게 흔들리더니 움직이기 시작했어. 무디의 몸이 공중에 매달렸을 때 센티가 소리쳤어.

"쏜살아, 빨리 올라타!"

하지만 우듬이 아빠의 힘이 너무 센 바람에 무디의 몸은 재빠르게 위로 올라갔어. 침프가 잽싸게 올라가 쏜살이가 맨홀 바닥에 있다고 말했어. 우듬이 아빠가 다시 밧줄을 아래로 내려 보냈어. 쏜살이는 얼른 무디의 등에 올라탔지. 쏜살이는 무디에게 미안하다고 말하고 일어서다가 그만 미끄러져 떨어지고 말았어.

아얏!

쏜살이는 자신의 귀가 떨어질 듯이 아프다고 느꼈어. 이 느낌, 뭐지?

무디가 싱긋 웃으며 말했어.

"넌, 귀가 길어서 정말 다행이야."

무디의 말에 센티와 쏜살이는 큰소리로 웃었어.

나는 고양이예요. 얼마 전에 가족들과 소풍을 나왔다가 가족을 잃어버렸어요. 나는 그날 기분이 무척 좋았습니다. 매일 집에만 박혀 있다가 밖으로 나오니 두근거렸어요. 매일 인공적인 에어컨 바람만 쐬다가 자연의 바람을 쐬니 호기심도 작동했어요. 싱그럽게 불어오는 자연의 바람이 너무 좋았거든요. 나무 위에도 올라가 보고, 나비를 쫓아가기도 하고, 하늘거리는 클로버 꽃을 앞발로 툭툭 치면서 즐겁게 지냈지요. 엄마의 목소리가 들렸어요.

"까치야, 우리 집에 갈 거야. 어딨니?"

"멀리 갔나 보네."

아빠의 목소리였어요. 나는 엄마의 목소리가 들리는 그때 풀벌레 한 마리를 쫓고 있었지요. 엄마의 목소리가 들리자 풀벌레가 폴짝하고 풀숲으로 도망갔어요. 마치 저와 숨바꼭질 놀이를 하려는 것처럼 말이에요. 내가 쫓아가면 숨고, 가만히 있으면 모습을 쑥 내밀었지요. 나는 엄마의 목소리가 점점 멀어지는 걸 알면서도 풀벌레를 쫓느라 정신이 없었어요. 다급한 발소리가 들리고, 누나의 목소리가 들렸어요.

"잘 됐잖아. 성가시고 까칠한 고양이. 이참에 버리자고!"

"뭔 소리야! 식구나 다름없는 애를 왜 버리니?!"

"식구는 무슨! 엄마가 길고양이를 데려와서 키웠잖아. 집에 고양이 털 날리는 거 싫단 말이야. 이참에 버리고 가자고!"

'까치야~' 하고 부르는 엄마의 목소리는 점점 멀어졌어요. 누나가 엄마를 잡아당기는지 엄마의 목소리가 커졌다가 작아지기를 반복했어요. 고요가 흐르고, 엄마의 목소리는 더 이상 들리지 않았고, 자동차 엔진 소리가 들렸어요. 그래도 나는 엄마를 믿었어요. '야옹!' 내가 엄마를 부르며 자동차로 달려갔을 때, 이미 자동차는 떠나고 말았어요. 자동차에서 엄마의 일그러진 얼굴을 보았지만 나의 목소리는 더 이상 들리지 않았는지 자동차는 사라지고 말았어요.

예전의 기억이 떠올랐어요. 길에서 먹을 것을 찾아 헤매던 시절. 친구들과 다투기도 하고 쫓겨 다니기도 했던 슬픈 기억들. 그때는 도시였어요. 밤이지만 가로등이 있어서 환했거든요. 길을 잃어버리는 일은 없었지만 굶는 일은 많았어요. 도시에는 골목마다 길냥이들이 살고 있었어요. 먹을 게 없어서 싸우는 길냥이들, 서로 날카로운 이빨과 발톱을 세우고 하나 더 먹으려고 얼마나 처절하게 싸웠는지 몰라요. 그러던 어느 날, 너무 먹지 못해 기절하기 직전이었어요. 게다가 지난밤에 큰 길냥이에게 먹이를 뺏기지 않으려고 싸우다가 다리에 상처를 입었거든요. 지나가던 길냥이가 내게 괜찮은지 안부를 묻기만 해도 날카로워져서 발톱과 등의 털을 곤추세웠지요.

그러던 날이었어요, 뚱뚱하지만 말이 느릿한 여자 사람을 만났지요. 몰골이 초라한 내가 걸음도 절뚝이며 걷는 모습을 한참 바라봤어요. 나도 멋쩍어서 그녀를 한참 올려다봤죠. 평소 같았으면 도망이라도 갔을 텐데, 그날은 너무 배가 고파서 도망 갈 힘도 없을 정도였지요. 게다가 다리도 다쳤으니 만사 귀찮았다고 할 수 있죠. 그녀가 나를 갑자기 번쩍 안아 올렸어요. 너무 놀란 나는 '냐아옹!' 하며 큰 소리로 말했어요. '내려놔!' 하지만 그녀는 내 말을 못 알아듣는 여자 사람이었지요. 나는 날카로운 발톱으로 여자의 얼굴을 할

퀴려고 했지요. 여자가 나의 발길질을 피하려고 머리를 뒤로 젖힐 때 향기가 났어요.

도시의 골목은 어둡고 쾌쾌한 냄새가 끊이질 않았어요. 이토록 향기로운 냄새를 맡는다는 건 있을 수 없었죠. 골목에서 만난 고양이들도 모두 꾀죄죄하고 몸에서 나는 냄새가 고약했거든요. 나도 마찬가지였어요.

여자는 생각보다 재빨랐고 나는 겨우 그녀의 팔뚝을 할퀼 수 있었어요. 그녀가 나를 바라보더니 무언가를 꺼내 자기 손바닥에 올려줬어요. 세상에 이런 향이 있다니! 나는 그녀의 손바닥을 핥았어요. 그게 고양이 소시지라는 걸 그날 처음 알았어요. 나는 그렇게 해서 엄마와 살게 되었지요. 더러운 나의 몸이 깨끗해지고 춥고 더러운 골목보다 깨끗하고 포근한 잠자리, 맛있는 음식을 먹으며 살았어요. 누나는 짜증을 많이 부리고 나를 싫어했어요. 엄마가 함께 있을 때는 친절한 척했지요.

그런 엄마가 사라졌어요. 여기는 도시가 아니라 나무와 풀과 풀벌레들만 가득한 숲이에요. 근처에는 나와 같은 고양이가 없는 것 같아요. 며칠 동안 길을 헤매고 다녔지만 집으로 가는 길을 찾을 수 없었어요. 엄마와 함께 살기 시작한

후로는 밤을 혼자 보낸 적이 없었어요. 숲속에서 혼자 지내는 시간이 너무 힘들었어요.

　그렇게 몇 번의 밤을 지내고 난 뒤 마을을 발견했어요. 혹시나 엄마를 만날 수 있을까 기대했지만 허사였어요. 기대가 너무 크면 실망도 크다는 게 이런 기분인가 봐요. 그곳은 아파트가 많은 마을이 아니었어요. 어린아이가 나를 발견하고 미소를 지으며 손을 뻗었어요. 나는 힘도 없고 배가 너무 고팠던 터라 도망가지 않았어요. 아이는 내 등을 쓰다듬었어요. 눈이 감기려고 할 때 아이의 표정이 바뀌면서 재빠르게 나의 꼬리를 꽉 잡아당겼어요. 나는 너무 놀라기도 하고 짜증이 나서 아이를 할퀴고 도망쳤어요. 한참을 달린 후 돌아보니 아이는 보이지 않았어요. 하지만 곧이어 길냥이라고 소리치며 돌멩이를 던지는 어른을 만났어요. 정말 슬펐어요. 이 세상에 정말 나 혼자라는 생각이 들자 우울하고 외로워서 눈물이 났어요. 나는 계속 야옹, 야옹거리며 돌아다녔어요. 엄마가 내 목소리를 듣기를 바라면서 말이에요.

　얼마나 걸었는지 몰라요. 마을이 점점 멀어졌고 숲으로 이어지는 길을 따라 걸었어요. 낮에는 풀숲이 우거지고 햇볕이 드는 따뜻한 곳에서 잠을 잤어요. 밤이 되면 사냥을 해 보았지요. 하지만 나는 사람의 손이 너무 익숙해져서 사냥에 매번 실패하고 말았지요. 물이 고인 웅덩이를 발견하면 허기진 배부터 채웠어요. 이제는 깨끗한 것만 고집할 수 없다는 걸 깨달았기 때문이지요. 때론 이슬이 잘 들지 않는 나무 아래에 앉아 밤하늘을 바라보면서 엄마를 생각했어요. 내게 친절했던 엄마. 무척 보고 싶지만 찾을 수가 없었어요.

나는 엄마가 꾸며주신 방에서 폭신하고 부드러운 방석 위에서 잠을 잤어요. 여유롭게 어슬렁거리기도 하고, 길게 하품하며 그림자를 쫓거나 방바닥에 몸을 비비면서 거드름을 피우기도 했지요. 그런 내게 엄마는 맛있는 연어 추릅을 챙겨주고 언제나 깨끗한 물을 마실 수 있게 해주셨지요. 엄마와 병원에 다닐 때는 자동차 경적이 정말 짜증이 나서 엄마에게 신경질을 부린 적도 있어요. 하지만 지금은 그 자동차 소리도 그리워요. 엄마를 생각하니 눈물이 절로 났어요. 나는 엄마를 큰 소리로 불렀어요. 하지만 나의 목소리는 "냐아옹~!" 하는 소리로 들릴 뿐이었지요. 엄마가 그리운 만큼 얼굴이 가려웠어요. 나는 매일 세수를 하지만 몰골이 엉망이었어요. 잘 정돈된 털이 얼룩지고 뭉치더니 마침내 냄새가 나기 시작했어요. 마을에서 멀어질수록 숲이 우거지고 평소에 보지 못하던 동물도 만났어요. 너무 놀랐을 때는 나무 위로 뛰어 올라갔지요. 산에는 저보다 덩치가 큰 동물이 있었어요. 게다가 실처럼 생겼는데 몹시 빠르고 입을 크게 벌리면 두 갈래의 혀가 보이는 뱀은 너무 무서웠어요. 그래서 늘 긴장하며 지냈어요. 온몸이 쑤시고 아팠어요. 발바닥을 아무리 핥아도 아픔은 쉽게 가시지 않았어요. 더욱 참을 수 없는 것은 배고픔이었죠.

그렇게 헤매고 다닌 지 얼마나 되었는지 몰라요. 여느 날처럼 허기진 배를 채우려고 잎이 여린 풀을 뜯고 있었어요. 너무 질기고 맛도 없는 풀이었어요. 하지만 배고픔은 정신을 흐리게 했어요. 그때 어디선가 아주 익숙한 냄새가 났어요. 그 냄새를 따라갔지요. 엄마가 떠오르는 냄새, 어쩌면 엄마가 가까이 있을 것이라는 희망이 생겼어요. 하지만 생각보다 먼 거리였는지 가다가 몇 번이나 주저앉고 말았어요. 끝까지 포기하지 않고 냄새를 따라갔을 때 사람을 만났어요. 사람이 다가오는 것을 보고는 정신을 잃었어요.

나는 작은 소리로 엄마를 불렀어요. "냐아옹~" 누군가의 손이 내 등을 쓸어내리고 있었어요. 무척 부드럽고 따뜻한 손길이어서 나는 깊은 잠에 빠져들었어요. 시간이 얼마나 지났는지 몰라요. 코끝을 간지럽히는 냄새에 눈을 떴어요. 눈을 뜨자마자 냄새를 쫓았지요. 생선살이 잘게 부서진 접시가 있고, 그 옆에는 물이 담긴 접시도 있었어요. 나는 아무도 없는 것을 확인하고 허겁지겁 배부터 채웠어요. 얼마나 맛있게 먹었는지, 접시가 닳았을지도 모르겠어요. 아주 행복했어요. 얼마 만에 먹어보는 특식인지. 마냥 행복해서 나는 오랜만에 털을 만졌어요. 어? 분명 엉키고 뭉친 데다 냄새도 지독한 털이었는데? 깨끗해진 털을 핥으며 나는 다시 행복감에 젖었어요. 배를 채웠더니 또 졸렸어요. 자세히 둘러보니 내가 누워있던 자리에는 둥근 방석이 있고, 그늘이 드리워진 곳이었어요. 나는 하품을 길게 하고 방석으로 어슬렁어슬렁 걸어가 잠을 잤어요. 오랜만에 깊고 개운한 잠이었어요. 몸의 긴장이 풀리기 시작했고 있는 힘껏 몸을 쭉 폈어요.

나를 보살펴 준 아저씨, 아니 아빠의 이름은 동이예요. 정신을 차리고 체력이 회복될 때까지 나는 까칠해서 아빠가 가까이 오는 걸 싫어했어요. 낯설잖아요. 처음 보는 사람이고, 믿을 수 있는 나만의 집사가 될 수 있는지 알 수가 없었지요. 나를 예뻐하는 것 같지만 아무래도 믿을 수가 없었어요. 엄마도 내게 이렇게 친절했었는데 지금은 사라지고 없잖아요. 그렇게 또 시간이 흘러갔어요. 아빠는 나의 기분과 심술에도 방문을 열어두고 맛있는 음식과 깨끗한 물을 챙겨주었어요. 그러다가 우연히 혼자 그림자놀이를 하며 놀고 있는데, 성큼성큼 걸어온 아빠의 발등에 올라타고 말았어요. 그러자 아빠가 말했어요.

"이제 마음이 좀 열렸니?"

"무슨 말씀이에요? 아직 믿을 수가 없다구요!"

나는 이렇게 말했지만 아빠는 '그래. 나랑 함께 여기서 살자.' 하고 대답했어요. 아니 왜 일방적으로 훅 치고 들어오시냐구요! 하고 나도 대꾸했지요. 하지만 아빠에겐 여전히 "냐아옹~"으로 들렸고, 아빠는 까칠하게 행동하는 내 등을 어루만졌어요. 나는 아빠의 손등을 살짝 할퀴었어요. 아빠는 허허 웃으시더니

"그래, 아직은 아니란 말이지? 그럼 기다리마. 나와 함께 살 마음이 정해지면 말해다오."

하시면서 방을 나가셨어요. 이상하다. 어떻게 내 맘을 읽으셨을까요? 나는 궁금증을 안고 다시 방석으로 돌아가 누

웠어요. 갑자기 감정이 엉키는 걸 느꼈어요. 사라진 엄마와, 함께 살자고 말하는 아저씨의 고마움이 교차했기 때문이에요. 엄마를 불신하는 마음이 생겼는데, 아저씨에게 고마움이 생긴 건 어쩔 수 없는 감정이니까요.

나는 가끔 아저씨를 따라 밖으로 나가기도 하고, 아저씨의 바짓가랑이를 물고 늘어지거나 누워 계시는 틈을 이용해 배 위에 올라가 뛰곤 했어요. 그러다가 지치면 아저씨의 배 위에서 잠이 들기도 했지요. 아저씨가 점점 좋은 사람이란 걸 알게 됐어요. 아저씨의 배 위에서 잠을 자면 아저씨의 들숨과 날숨이 음악처럼 느껴져요. 잠도 스르륵 잘 오거든요.

나는 아저씨의 집을 탐색하는 걸 좋아했어요. 처음으로 집 밖으로 나갔을 때 저만치 있는 마을을 보았어요. 신기했어요. 아저씨의 집은 마을에서 떨어져 있지만 마을이 내려다보이는 곳에 있었지요. 나는 점점 마음이 여유로워지는 걸 느꼈어요. 안전하다는 것과 보호받고 있다는 걸 느꼈거든요. 집 주변을 구석구석 돌아다니며 탐색도 하고 나무에 올라가거나 텃밭에 들어가 영역도 표시했어요. 아저씨를

졸졸 따라다니며 아저씨의 영역이 어디까지인지 살펴보았어요. 아저씨가 쉬는 시간에는 손바닥에 머리를 비비거나 자리에서 일어나는 아저씨의 발목을 온몸으로 빙빙 감으며 점점 친해지고 있음을 말해줬어요. 그렇게 지내면서 나는 결심했지요. 아저씨를 아빠로 받아들이기로. 아니, 나의 집사로 받아들이기로. 나는 거들먹거리며 말했어요.

"아저씨는 이제부터 나의 집사예요. 아저씨의 정성이 너무 감동적이어서 내가 인정하는 거예요. 하지만 아빠는 아니에요. 집사예요. 알았죠?"

"알았다. 이제 마음이 열렸나 보네. 그래, 내가 네 집사 하마. 그래도 아빠라는 건 잊지 마라. 그리고 내 이름은 동이. 넌 오늘부터 나비다."

내 이름? 뭐였지? 이렇게 부드러운 이름이 아니었는데? 한참을 생각했지만 떠오르지 않았어요. 분명한 건, 나비는 아니었다는 거죠. 나비. 어쩐지 웃음이 생기는 이름이네요. 참 이상하죠. 어떻게 사람이 나의 아빠가 될 수 있어요? 고양이 세계에서는 있을 수 없는 일이라구요. 집사! 나는 단호하게 '집사!'라고 다시 말했어요. 그래야, 서열이 정해지니까요. 그래봐야 아빠에게는 "냐옹~"으로 들릴 뿐이었지요. 아빠는 내 머리를 쓰다듬으며 이름을 불렀어요. 그래,

나비야.

　나는 동이 아빠가 내 말을 알아들었다는 것을 아빠의 손
짓으로 알아요. 손바닥을 내 코앞으로 내밀거든요. 그러면
내가 한 질문이나, 먹고 싶다는 음식을 가져다주셨어요. 동
이 아빠와 살게 되면서 건강도 좋아지고 무척 많은 사랑을
받았어요. 이게 행복이구나 하는 마음이 들었어요. 혼자 산
속을 헤맬 때는 풀벌레 소리도 무서웠는데 이제는 그렇지
않아요. 저녁을 배불리 먹고 나면 날아다니는 나방을 쫓기
도 하고 기어 다니는 개미를 발로 툭툭 치며 놀기도 했어
요. 집에는 아빠와 나뿐이지만 심심하지는 않아요. 아빠가
키우시는 채소들과 예쁜 꽃이 늘 이야기를 주고받는 곳이
거든요. 숲과 바람과 나무와 들꽃들이 매일 인사를 나누고
비와 구름이 마을로 내달리는 모습은 무척 아름다워요. 그
모습을 아빠와 함께 바라보는 시간이 얼마나 즐거운지 몰
라요.
　하지만 동이 아빠는 몸이 편찮아요. 가끔 통증이 심해져
서 허리를 곧게 펴지 못할 때도 있고, 두통이 심해 식은땀을
흘리는 날에는 꼼짝없이 방 안에 누워 계시지요. 이럴 때 가
족이 가까이 있으면 좋을 텐데……. 아빠가 아플 때는 내가

해드릴 수 있는 일이 없어요. 아빠는 그렇게 힘이 들어도 나를 위해 밥과 물을 챙겨주는데 말이에요. 내가 할 수 있는 일이란 얼른 나으라고 얼굴이나 손등을 핥아주는 것뿐이에요.

나는 아빠가 얼른 회복하시기를 바라며 지난날 내가 겪었던 일을 들려드렸어요.

산길에서 우연히 만난 멧돼지가 나를 보며 발을 동동 구르던 모습, 너무 겁이 나서 나무 위로 재빠르게 도망친 일, 물을 마시다가 뱀을 만난 일, 배가 너무 고파서 열매를 주워 먹다가 다람쥐에게 쫓긴 일, 발을 헛디뎌 미끄러져 계곡물에 풍덩! 빠진 일 등. 아빠는 내가 재잘거리는 소리를 알아들으셨는지 그랬구나, 하시면서 응대도 해주셨어요. 아빠는 내 말을 어떻게 알아듣는 거죠? 나는 냐아옹~ 또는 야옹야옹야옹! 냐~아아! 이런 소리만 내거든요. 그렇게 한동안 누워 계시던 아빠가 일어나셔서 나를 안으며 말했어요.
"그랬구나. 고생이 많았네. 이제 걱정은 하지 말고 나랑 여기서 재미나게 살자."
나는 아빠의 다리에 올라가 몸을 비비고 빙빙 돌았어요.

몇 바퀴를 돌고 난 뒤 푸근한 아빠의 무릎에 앉아서 길게 하품했어요. 그리고 느긋하게 앞발을 핥고 고양이 세수까지 했답니다. 나는 아빠의 무릎에서 이렇게 고양이 세수하는 게 정말 좋아요. 더욱 좋은 건 아빠가 늘 웃으면서 상냥하게 말하는 것이에요. 아빠는 나에게 항상 친절하게 말을 해요. 아빠에게 장난을 걸어도, 텃밭에 내려앉은 참새들을 쫓아다녀도, 개구리나 작은 쥐를 잡아 아빠께 드려도 항상 웃으시며 말씀하세요.

"나비야, 장난은 조금 있다가 하자."

"나비야, 참새들과 좀 나눠 먹자."

"나비가 아빠에게 선물을 준비했구나."

아빠의 더 좋은 점은 비가 와서 텃밭을 못 가꾸게 되어도, 바람이 불어서 들깨가 넘어져도, 해가 너무 뜨거워서 꽃들이 시들해도 투덜거리지 않지요.

"오늘은 비가 내리니 좀 게을러져 볼까."

"바람이 달리기 시합을 하나 보다."

"오늘은 꽃에 좀 더 정성을 쏟으라고 해님이 일감을 주네."

어쩜 말씀을 이리도 부드럽게 하시는지요.

전에 살던 집 식구들은 엄마를 제외하고 모두 투덜거리

고 말투에 짜증이 흘러내렸어요. 비가 오면 신발이 젖는다고, 해가 뜨면 뜨거워서 죽을 것 같다고, 눈이 오면 미끄러질 거라고 투덜댔어요. 학교와 대형 할인점이 버스로 10분 거리에 있는데도 너무 멀다고 했어요. 그러면 엄마가 그랬죠. 호강에 겨웠다고요. 그 말에 누나가 얼마나 짜증을 부렸는지 몰라요. 누나가 짜증을 부리면 꼭 내게 화풀이를 해댔어요. 가만히 졸고 있는 내게 쿠션을 던지거나 내 꼬리를 확 잡아당겨서 깜짝 놀라게 했지요.

하지만 동이 아빠는 병원이나 시장에 가실 때도 전혀 불편해하지 않으세요. 늘 미소를 가득 머금고 '오늘도 도시로 나들이를 가볼까?' 하시며 천천히 걸으셨어요. 그리고 아빠가 돌아오실 때까지 편히 쉬고 있으라는 말씀도 하시지요. 나는 아빠처럼 천천히 걸어서 나들이를 시도하지만 금방 돌아오고 말았어요. 산에서 헤맨 날이 떠올랐기 때문이지요. 이제는 집에서 조금씩 멀리 떨어져도 괜찮아요. 혼자서 돌아오는 것도 즐길 수 있거든요. 그러면 나는 아빠가 돌아오실 때까지 방석에 앉아서 꾸벅꾸벅 졸거나 네 다리를 들고 벌러덩 누워서 잠을 자기도 해요. 그렇게 자고도 심심하면 혼자 그림자놀이도 하고, 아빠가 차려주신 간식도 먹고, 마당으로 내려가 꽃밭의 꽃들을 살짝 만지기도 해요. 나는 분명 살짝 만지는데, 꽃잎이 바닥으로 떨어지는 이유를 모르겠어요. 참, 이상한 일이에요.

아빠는 나를 이렇게 부르지요.

나비야, 이리 온. 여기 나팔꽃이 피었네. 나는 달려가 나팔꽃을 꼭 껴안았어요. 그러면 나팔꽃은 푹 시들어버렸어요. 아빠가 내 머리를 만지시며 '너무 꼭 안았구나' 하고 말씀하시지요.

나비야, 이리 온. 노랑나비가 날아왔어. 뭐라구요? 노랑나비요? 아니, 저는 노랑이 아니라 날쌘 호랑이 줄무늬를 가졌는데, 노랑이라니요? 하며 달려가면 하늘을 날아다니는 나비가 있어요.

나비야, 이리 온. 아빠랑 산책하자. 아니, 이 후텁지근한 날씨에 뭔 산책이에요? 그냥 집에 있어요. 이렇게 선풍기 아래에 누워 있자구요. 야옹! 하고 말하면 아빠가 나를 번쩍 안아 올리시지요. 나는 잠시 바둥대다가 귀찮은 듯 축 늘어져요. 그러면 아빠가 바닥으로 내려주시지요.

비가 내리는 날에도 아빠가 나를 부르시지요.

"나비야, 이리 온. 아주 작은 청개구리가 폴짝폴짝 뛰어가는구나.”

“청개구리요? 동화에 나오는 말 안 듣는 그 청개구리 말인가요? 어디 생김새나 좀 볼까요?”

하고 달려가면 정말 귀엽고 작은 청개구리가 아빠 손바닥에 올라앉아 턱을 움직이고 있어요. 정말 말 안 들을 정도로 귀엽네요. 하고 아빠께 말씀드리면 아빠가 이렇게 말씀하시지요.

“꼭 너를 닮았네. 말 안 듣는 것은. 허허허.”

나는 살짝 삐져서 돌아선답니다. 나는 삐질 때 앞발로 세수하고 꼬리를 높이 치켜들어요. 그러면 아빠가 다시 나를 부르셔요. 그러면 나는 좀 신경질적으로 ‘아니, 왜 자꾸 불러요? 니아옹!’ 하고 큰소리를 내고, 아빠는 ‘그놈 성질 한번 고약하네.’라고 하시지요. 그래도 나는 아빠가 좋아요. 아빠가 ‘나비야 이리 온.’ 하고 부르시는 소리가 연못에서 헤엄치는 올챙이 같고, 처마에서 똑똑 떨어지는 물방울 소리 같아요.

아빠는 밭에 나가실 때는 장화의 묵직한 소리 같고,

세수하실 때는 참방참방 돌고래가 헤엄치는 소리 같고,

노래하실 때는 살랑살랑 나뭇잎이 바람에 흔들리는 소리 같고,

빨래하실 때는 옷에서 이야기가 쏟아지는 폭포 소리 같고,

식사하실 때는 침이 고이는 촉촉한 연어 츄릅이 출렁이는 소리 같이,

"나비야, 이리 온."

하고 부르시지요. 그러면 나는 못 들은체하며 몸을 쭉 뻗고 발가락을 쫙 펴고 거드름을 피우지요. 아빠는 내가 기지개를 늘어지게 펴는 걸 가만히 바라보셔요. 아빠가 한 번 더 '나비야, 이리 온.' 하시면 고양이 세수를 말끔하게 하고 못 이기는 체 아빠 옆에 가서 앉아요. 정말 행복한 날이에요. 예전의 가족들에 비하면 얼마나 행복한지 몰라요.

나는 가끔 마루에 앉아 아빠의 모습을 지켜보면서 생각해요. 지난날의 나와 지금의 나를 비교해 보는 거죠.

"야, 너 저리 안 가?"

"어유, 털 빠지는 것 좀 봐. 엄마! 이 고양이 좀 어떻게 해 봐요!"

"야, 이거 비싼 옷이란 말이야. 너 혼 좀 날래!"

누나는 내가 소파에 앉아 있기라도 하면 쿠션을 던져서 깜짝 놀라게 하고, 내가 반가워서 몸을 비비기라도 하면 기겁하며 소리를 지르고 도망갔어요. 가끔 살갑게 대해 줄 때

도 있었어요. 아빠에게서 용돈을 받았거나 사고 싶었던 것을 샀을 때. 또는 집으로 친구들이 놀러 왔을 때죠. 특히 친구들이 왔을 때는 너무 불편할 정도로 친절해서 소름이 돋을 정도였어요. 나도 모르게 보드라운 나의 털이 뻣뻣해지고 말았죠. 하지만 이런 애정 표현은 길게 가지 않았어요. 친구들이 가고 나면 다시 돌변하죠. 문을 꽝 닫고 무슨 몹쓸 병에 걸린 동물처럼 방향제나 공기 탈취제를 막 뿌려대면서 소리를 꽥꽥 지르기도 했어요. 친구들 앞에선 아주 동물을 사랑하는 착한 사람인 것처럼 행동하고 돌아서면 전혀 다른 사람이 되죠. 생각만 하는데도 털이 곤두서네요. 냐아옹!

동이 아빠는 혼자 계시지만 전화가 자주 왔어요. 아빠의 전화는 매일 울렸어요. 하루에도 몇 번이나 울리는지 몰라요. 처음엔 너무 크게 울려서 내가 짜증을 부렸어요. 하지만 가족들이 매일 전화한다는 걸 알고는 더 이상 짜증을 내지 않았어요. 아빠의 표정이 환해지거든요. 키가 크고 해님을 닮은 해바라기보다 더 환한 표정을 바라보면 기분이 정말 좋아지거든요. 전화를 받으며 말씀하실 때는 껄껄껄 행복하게 웃으시지요. 온몸이 출렁출렁하실 정도로 흔들리고, 눈코입이 사라지거든요. 아빠가 큰소리로 웃으실 때는 저러다 목젖이 떨어지는 게 아닌가 하고 무척 걱정 된다구요.

"그래, 아빠는 이제 괜찮다. 그럼, 예전보다 훨씬 좋아졌지."

"걱정해줘서 고맙다. 아빠도 우리 은서 사랑해."

"그래요, 여보. 요즘 당신도 힘들 텐데 나까지 신경 쓰느라 고생 많아요. 당신도 건강 잘 챙겨요. 항상 사랑합니다."

통화를 끝낸 아빠의 얼굴에는 아직도 미소가 옹달샘처럼 퐁퐁 솟아나요. 나는 그런 아빠를 바라보면 마음이 푸근해져요. 내가 하품을 길게 하거나 아빠의 무릎에 올라앉아 니야옹거리면 아빠는 여전히 따뜻한 손으로 내 목덜미와 등을 어루만져주시지요. 먼 하늘을 바라보면서 아빠는 내게 말씀하셔요.

"나비야, 가족이 소중하다는 걸 떨어져 살면서 알게 됐다. 2주 후에 우리 가족이 모두 모여. 그때 우리 나비도 인사하자."

비가 추적추적 내리는 날, 아빠는 피로가 쌓여 온종일 방에 누워 계셨어요. 마당에는 어느덧 짙은 향을 풍기는 꽃이 피기 시작했어요. 방에서 볼 때 오른쪽에는 하얀 꽃이, 왼쪽에는 주황빛 꽃이 피었어요. 향이 너무 진해서 멀리서 맡아야 더 은은함을 느낄 수 있어요. 한 그루는 잎사귀가 뾰족하고 약간 두꺼워요. 한 그루는 잎사귀가 둥글고 부드럽지요. 잎사귀가 뾰족한 나무는 은목서예요. 하얀 꽃이 눈송이처럼 피어나고 향도 은은해요. 다른 하나는 금목서고 주황빛의 꽃이 눈송이처럼 피어나는데 은목서보다 향이 조금 더 짙다고 해요. 나뭇가지에 앉은 참새를 쫓다가 은목서에 얼굴을 부딪쳤던 적이 있어요. 따끔해서 나도 모르게 큰소리를 질렀지요. 당연히 아빠가 달려오셨지요. 내가 약이 올라 앞발을 구르며 아빠를 때리는 시늉을 하고서야 그 나무의 이름이 은목서란 걸 알려주셨어요.

"나비야, 은목서는 잎사귀를 조심해야 해. 그리고 참새도 그만 쫓아다녀. 쟤들도 꽃향기를 즐길 수 있게 말이야."

"니야옹!"

나는 신경질적으로 소리를 질렀어요. 아빠에게서 얼른 빠져나와 은목서 그늘에서 찔린 곳을 핥았지요. 가시에 찔린 자리는 어쩐지 산에서 길을 잃었을 때만큼 따끔거렸어요. 나는 아빠께 중얼거리듯 말했어요.

"왜 이제야 말씀해주시는 거예요?"

나의 투정에 아빠는 빙긋 웃으시며 집으로 들어가셨지요. 나는 아빠에게 투정을 부리고도 분이 남아서 짹짹거리

118

는 참새들에게 한 번 더 소리를 질렀어요. 하지만 곧 얌전해지고 말았어요. 아빠가 연어 츄릅을 주셨거든요. 아빠가 주신 연어 츄릅은 아빠의 사랑만큼 부드럽고 촉촉해요. 목으로 넘어가는 연어의 맛을 다른 고양이들은 느낄 수 없을 거예요. 동이 아빠만이 가진 달콤하고 섬세한 맛이 있거든요. 전에 함께 살던 엄마가 생각나는 맛이기도 해요. 아빠는 내가 연어 츄릅을 다 먹을 때까지 금목서와 은목서를 만지시며 숲을 바라보곤 했어요. 저녁을 드신 후에도, 아침에 일어나 세수를 마치신 후에도, 별빛이나 달빛을 받아 반짝이는 잎사귀를 만지시며 흐뭇하게 미소를 짓고 금목서와 은목서 주변을 천천히 돌기도 하지요. 마치 소원을 빌며 탑돌이를 하는 것처럼 말이에요. 전에 살았던 집의 엄마도 그랬거든요. 간절히 원하는 것이 있으면 탑을 돌고 온다고 하셨어요. 나도 뭔가 간절한 게 있나 봐요. 내 꼬리를 볼 때마다 빙빙 돌잖아요.

아빠는 금목서와 은목서를 돌면서 말씀하세요.
"나비야, 여기 나무에 꽃이 피면 향기가 아주 멀리까지 간단다. 저기 마을의 끝 집 보이지? 거기서부터 향을 맡을 수 있단다. 우리 아이들이 정말 좋아하지."

아빠의 집에는 대문이 없고 낮은 담장이 있는데 계단모양이에요. 이 낮은 담장이 마당과 숲길을 나누고 있어요. 나는 틈나는 대로 이 담장에 영역을 표시하느라 몸을 비빈답니다. 이 담장에는 신발들이 놓여 있어요. 신발에선 온갖 싹이 돋아나요. 아기 신발부터 어른 신발까지. 종류도 여러 가지예요. 그중에서도 크기가 작은 장화가 제일 많아요. 아빠는 매일 장화 화분에 물을 주면서 '오늘도 열심히 살자.' '오늘은 꽃이 더 예쁘구나.'라고 하세요. 꽃들이 말을 알아들었는지 물을 먹은 꽃들이 꽃봉오리를 흔들어요. 바람이 불고 비가 내리는 어느 날, 아빠가 혼자 지내시게 된 이야기를 해주셨어요.

아빠는 원래 도시에 살았어요. 일을 마치고 오시다가 사고를 당하셨어요. 피서 온 차량의 운전자가 길을 잘못 들어 후진하면서 아빠를 미처 발견하지 못해서 일어난 사고였어요. 그날 자동차와 부딪히면서 머리를 크게 다치셨고 수술받았지요. 수술 후에는 일을 제대로 할 수 없을 정도로 두통이 심했어요. 더 이상 직장생활을 할 수 없어서 퇴직하시고 이곳으로 이사를 오셨대요. 아빠에게는 두 명의 아이가 있는데 쌍둥이래요. 이란성 쌍둥이인데다 서로 개성이 무척 강한 고등학생이래요. 아빠와 함께 지내는 동안 만난 적은 없어요. 하지만 금목서와 은목서의 꽃이 피면 꼭 집에 다니러 온다고 해요. 엄마는 쌍둥이들의 시험기간이라 돌봐주러 가셨대요. 나는 가끔 졸다가 쌍둥이들 꿈을 꾸곤 해요. 꿈에서 만난 아이들은 아빠처럼 친절하지 않았어요. 난, 벌써 걱정이 앞서요. 어떡하죠?

 따갑던 햇볕이 이젠 시들시들해졌어요. 마치 햇볕에 시든 꽃처럼 여름이 시들시들해진 거죠. 하긴 그럴 거예요. 여름도 뜨거운 햇볕에 힘이 들었을 거예요. 매미도 한참을 울어대더니 조용해졌어요. 아빠 말씀으로는 이제 가을이 오느라 해바라기도 고개를 숙이고, 코스모스가 하늘을 잡으려고 하늘하늘 거리는 거라고 하셨죠. 나는 나른한 몸을 쭉 펴고 누웠지요. 눈이 스르르 감기는 중이었어요. 노랑나비 한 마리가 다가왔어요. 나는 앞발을 뻗어 훅 쳤어요. 나비가 자꾸 내 졸음을 쫓았거든요. 그러다가 급기야 나비가 날아간 담장으로 달리고 말았어요. 노랑나비는 노란 장화 화분에 핀 봉숭아꽃에 앉았어요. 바람이 불자 봉숭아꽃과 나비가 한들거렸어요. 멈추지 않고 계속 한들거려요. 꼭 나에게 장난을 거는 것처럼 보였어요. 한달음에 달려가 꽃을 만졌어요. 너무 세게 만졌나 봐요. 어쩌죠? 봉숭아꽃이 떨어지고 말았어요. 얼른 꽃을 풀밭으로 밀어 넣으려고 뒷발을 들었어요. 그때 부엌에서 나오시던 아빠가 말씀하셨어요.

"나비야, 이리 온. 꽃은 꺾지 말고."

어머나! 벌써 꺾어버렸다구요. 니아옹! 나는 부끄럽고 당황스러워서 노랑 장화 화분 뒤에 숨었어요. 하지만 아빠에게 금방 들켰지요. 왜냐하면 노랑 장화는 아기 장화였거든요.

"나비야, 게 숨지 말고 이리 온."

나는 몸을 더욱 움츠렸어요. 이렇게 몸을 움츠리면 동이 아빠는 절대 나를 못 찾을 거라는 생각이 들었거든요. 얼른 꼬리도 감췄어요.

그때 저벅저벅 발소리와 함께 깔깔대는 학생들이 집으로 들어왔어요. 교복을 입은 남학생과 여학생이에요. 아빠의 얼굴이 더욱 환해졌어요. 이렇게 환하게 웃는 모습은 처음이에요. 매일 웃는 모습과는 너무나 달랐어요. 단번에 알아챘지요. 저 아이들이 아빠의 아들과 딸이라는 것을 말이에요.

"아빠, 저희 왔어요."

"어서 와. 힘들진 않았어?"

"그럼요. 아빠 만나러 오는 데 힘들게 뭐가 있어요."

여학생이 아빠를 안으며 말했어요. 곧이어 둘은 아빠가 만들어놓으신 평상에 나란히 앉았어요. 두 사람을 자세히 보니 아빠를 쏙 빼닮았어요. 나는 장화 뒤에서 아빠에게, 아빠를 많이 닮았네요. 하고 말했어요. 그러자 남학생이 벌떡 일어나더니 내게로 다가왔어요.

"아빠, 얘는 못 보던 앤데요?"

나를 번쩍 들어 올렸어요. 너무 순식간에 일어난 일이라 도망갈 틈이 없었어요. 내가 몸을 비틀자 여학생이 얼른 내려놓으라고 했어요. 낯을 가리는 것 같다면서요. 하지만 남학생은 괜찮다며 나를 아빠에게 데리고 갔어요. 나는 계속 몸을 비틀었어요. 그러다가 그만 남학생의 손목을 물고 말았지요. 나는 크게 외쳤어요. "니야옹! 정말 미안해. 그러니까 얼른 내려놔!"

남학생이 손을 놓는 사이에 나는 잽싸게 아빠에게 달려갔어요. 여학생이 '내 그럴 줄 알았어.' 하더니 시큰둥한 표정으로 옆에 앉는 남학생의 손목을 들여다봤어요. 나는 그들의 표정을 살폈지만 둘은 신경 쓰지 않는다는 듯 웃었어요. 여학생은 아프겠다는 말을 여러 번 하더니 나를 뚫어져라 쳐다봤어요. 나는 든든한 아빠를 믿고 나보란 듯이 하품을 길게 했지요.

  아빠는 우리의 이런 관계에는 관심이 없었나 봐요. 아빠
는 내 등을 쓰다듬으시면서 누군가를 기다리는지 계속 산
길을 바라보았어요.
  "은서야, 엄마는 같이 안 왔어?"
  "엄마 전화 안 왔어요? 하신다고 했는데. 시장에 다녀오
신댔어요."
  은서는 바로 여학생이었어요. 은서는 그렇게 대답한 후에
아빠를 살피면서 말했어요.
  "우리 아빠, 엄마를 엄청나게 기다리셨구나. 오빠, 아빠
표정 좀 봐,"
  "내가 뭘……."
  말끝을 흐리셨지만 아빠의 마음은 표가 나고 말았지요.
은서는 아빠에게 나의 이름을 물었어요. 아빠는 내 이름이
나비라는 것, 숲에서 나를 만난 일, 쓰러졌다가 얼마 만에
일어났는지, 무슨 음식을 좋아하고, 어떤 놀이를 즐기는지,
나의 개인정보를 거침없이 알려주었지요. 개인정보를 이렇
게 사전에 동의 없이 유출하시면 안 된다구요! 하지만 우린
가족이니까 우리 집에서만 유출하기로 해요. 약속! 하고 말

하면서 나는 은서의 손에 몸을 비볐지요.

"아빠도 편찮으신데 괜찮으시겠어요?"

"적적하던 차에 잘 됐잖니. 너희들도 이제 고3이라 엄마가 너희와 지내는 동안 나는 나비랑 지내면 되지."

"고양이털이 생각보다 많이 빠진대요. 친구가 그러던데, 빗겨주고 씻겨주고 일이 많대요."

아들의 말에 아빠가 대답하셨어요.

"금서야, 마시기 싫은 먼지도 알게 모르게 많이 마시는데 뭘. 너무 걱정하지 않아도 돼."

우리가 그렇게 서로의 정보를 주고받는 사이 시간이 제법 흘렀나 봐요. 손에 무언가를 든 아주머니가 집으로 들어왔어요. 아주머니는 작은 키에 미소가 예뻤어요. 두 손에 든 가방이 무거운지 뒤뚱거렸어요. 그 모습이 밉기보다는 나만큼 귀엽다는 생각이 들었어요. 그래도 저만하겠어요? 하지만 착각이었어요. 아빠는 내가 무릎에 앉아 있다는 걸 잊은 듯이 벌떡 일어났어요. 아이쿠! 나는 엉덩방아를 찧고 말았어요. 내가 짜증스럽게 여러 번 야옹거려도 아빠의 시선을 잡을 수는 없었어요. 아빠는 한달음에 달려가 아주머니의 짐을 들었어요. 미리 연락했으면 마중을 갔을 텐데 전화를 왜 안 했냐며 투덜거렸어요. 하지만 표정은 웃고 있었어요.

"어머, 네가 나비구나. 만나서 반갑다."

저녁상을 물리고 나자, 가족들은 평상에 둘러앉았어요. 도란도란 이야기 잔치가 열렸어요. 은서와 금서는 울타리에 나란히 서 있는 금목서와 은목서처럼 부모님 옆에 나란히 앉아서 학교생활이 어떤지, 친구들과 수학여행 다녀온 이야기, 옷을 사면서 엄마와 은서가 다툰 이야기를 아빠에게 먹기 좋게 잘라놓은 수박처럼 맛있게 들려줬어요. 이야기를 들으니 정말 맛있는 수박을 아삭 깨문 것처럼 시원하고 상큼했어요. 은서와 금서의 이야기를 들으며 아빠는 행복한 표정을 짓고 웃거나 표정을 일그러뜨리면서 이야기에 동참했어요. 네 명의 식구는 서로의 이야기에 웃음을 올릴 때마다 밤하늘의 별들은 더욱 반짝였어요.

예전에 살던 집의 식구들은 이런 대화가 없었어요. 나를 돌봐주는 사람은 엄마뿐이었고 모두 바빴어요. 바쁘다고 하면서도 티브이를 보거나 전화 통화만 하거나 잠을 자는 일이 대부분이었어요. 대화요? 은서네 가족들처럼 상냥하

고 친절하면서 마음이 따뜻해지는 대화는 없었어요. 고작 하는 말은

'엄마, 용돈 주세요.'

'친구들과 약속이 있어요.'

'그런 건 나한테 묻지 마세요!'

'엄마는 무슨 잔소리가 그렇게 많아요?'

이런 게 대화인 줄 알았어요. 그리고 아빠라는 사람은 이렇게 말했죠.

'당신이 아는 게 뭐야?'

'나, 피곤하니까 말 걸지 마.'

'할 줄 아는 게 밥하고 빨래하는 것밖에 없어?'

지금 생각해보니 옛 엄마는 참 외롭고 힘들었을 것 같아요. 온종일 청소하고 빨래하고 식구들 먹일 음식을 장만하느라 제대로 쉬지도 못했거든요. 아빠는 또 얼마나 잔소리가 심한지, 집에 먼지 하나만 있어도 소리를 지르셨죠. 특히 나의 털이 날릴 때는 아빠가!

"냐아옹!"

여기까지만 생각해도 소름이 돋아요. 엄마는 늘 혼자였어요. 식사도 혼자하고, 티브이를 볼 때도 혼자였지요. 엄마는 나를 무릎에 앉히고 이렇게 말하곤 했어요.

"까치야, 내가 티브이를 많이 보는 이유가 사람들의 목소리를 듣고 싶어서야. 우리 집은 대화가 없잖니. 티브이 속 사람들은 대화를 많이 하잖아. 싸우고 난 뒤에도 화해하려면 대화해야 하니까."

엄마는 나를 목욕시키고 털을 다듬어줄 때도 말을 많이 했어요. '사랑한다, 까치야.' 하면서 웃었지요. 엄마의 미소는 늘 어두웠어요. 나에게 말을 걸 때도, 산책하면서 이웃과 인사를 할 때도 그랬어요. 큰소리로 껄껄껄 웃는데도 미소가 환하지 않았어요. 지금 동이 아빠 같은 모습을 본 적이 없어요. 사실 엄마가 웃지 않을 때는 더 걱정됐어요. 차라리 티브이를 켜놓고 화도 내고 소리를 지르는 것이 더 나았어요. 그러면 엄마는 감정을 가라앉히고 차분해지기도 했거든요. 그런 엄마에게 내가 해줄 수 있는 건 손등을 핥아주거나 몸을 비비면서 괜찮냐고 묻는 것이었어요. 엄마는 지금 어떻게 지낼까요?

아빠와 엄마는 시장에 가셨어요. 은서와 금서는 함께 설거지를 끝내고 내게 다가왔어요. 나는 콧대를 세워서 나만의 방석에 올라가 몸을 돌돌 감고 앉아 눈을 감았지요. 은서가 내게 말했어요.

"나비야, 우리 밖에 나갈까? 담장에 있는 장화 이야기 들려줄게."

"그래, 나비야. 너도 우리 식구니까 장화 이야기는 꼭 들어야 해. 얼른 나가자."

금서가 나를 번쩍 들어올렸어요. 내가 아무리 야옹~하고 소리를 질러도 웃기만 했지요. 은서와 금서가 데리고 간 곳은 내가 늘 놀던 울타리였어요. 몸을 비비며 내 흔적을 표시하는 곳, 아빠를 보호하려는 내 마음도 담긴 울타리예요.

금서와 은서는 쌍둥이지요. 막 걷기 시작할 때 아빠는 시장에서 노란 고무신 두 켤레를 사셨지요. 쌍둥이가 노란 고무신을 신고 아장아장 걷는 모습을 상상하신 아빠는 기분이 좋았어요. 그런데 쌍둥이가 폐렴에 걸려서 병원에 입원했어요. 아빠의 소박하고 아기자기한 꿈은 이루어지지 않았지요. 게다가 주인을 만나지 못한 신발 두 켤레는 먼지가 보얗게 앉았고 아빠는 마음이 아팠어요. 그때 쌍둥이의 할아버지와 할머니도 함께 계셨는데, 걱정이 태산보다 높아서 매일 힘들어하셨어요. 그래서 아빠는 곰곰이 생각했지요. 할아버지와 할머니의 걱정을 덜어드리기 위해서 말이에요.

병원에 다녀오던 어느 날, 아빠는 신발 한 짝이 도로에 떨어진 걸 보았어요. 창문을 열고 내다보니 신발에는 흙이 가득 차 있었어요. 아빠는 엄마의 옆에서 새록새록 잠든 쌍둥이를 보는데 기발한 생각이 번쩍하고 떠올랐대요. 집에 돌아온 즉시 아빠는 아이들에게 주려고 사온 노란 고무신 바닥에 구멍을 뚫었어요. 엄마는 새 신발을 못 쓰게 만든다고 야단이셨지요. 엄마가 화를 낸 건 당연한 일이었어요. 못 신는 신발도 아닌데다 아이들 신발이었으니까요. 할아버지와 할머니도 아빠를 꾸중하셨지요. 하지만 아빠는 아랑곳하지 않고 구멍을 뚫은 신발에 흙을 채우고 씨앗을 심었어요. 아빠는 아이들이 자라서 노란 고무신을 신을 수 없다는 걸 아셨던 거지요. 노란 고무신에서 싹이 나기 시작했어요. 그리고 아이들도 점점 건강해졌어요.

쌍둥이가 건강을 찾은 뒤 엄마는 아빠에게 여쭸어요. 어떻게 신발로 화분을 만들 생각을 했냐구요. 아빠는 말씀하셨어요.

"도로에 떨어진 신발을 보고 떠올랐어. 신발에 씨앗을 심으면 싹이 나겠다 싶었지. 우리 아이들도 싹이 나듯 건강을 되찾을 수 있을 거라는 생각이 들었어."

"그러게요, 당신 생각이 맞았네요."

엄마와 아빠는 금서와 은서가 자라는 모습을 보면서 흐뭇해하셨어요.

금서와 은서가 자라는 만큼 신발도 점점 자랐지요. 신발이 작아 못 신게 되면 버려야 했어요. 두 아이가 자라는 만큼 꿈도 커지고 호기심도 무럭무럭 자랐지요. 아빠는 아이들의 생일 때마다 새 장화를 사서 화분을 만들고 씨앗을 심었대요. 점차 많아지는 장화 화분들로 지금의 담장을 만드신 거래요.

은서와 금서는 자신들의 이야기를 서로 주거니 받거니 하면서 들려줬어요. 나는 졸리는 눈으로 두 아이를 번갈아 보았어요. 표정이 무척 밝고 행복해보였어요. 마치 제가 기분이 좋으면 갸릉갸릉 하듯 깔깔 웃는 모습도 좋았어요. 나는 졸리는 눈을 이기지 못하고 은서의 무릎에서 잠이 들었어요.

밤이 되었어요. 나의 긴 하품을 따라 별똥별 하나가 길게 꼬리를 흔들며 다가왔어요. 풀벌레가 멋진 노래를 부르는

동안 노란 장화 화분에서 이슬이 또르르 흘러내렸어요. 은
서와 금서가 내 이름을 불렀어요.

"나비야, 이리 와."

나는 눈을 끔뻑거리며 고개를 돌렸어요. 누구지? 나를 향
해 걸어오는 예쁜 꼬리가 보여요. 나처럼 냐아옹~하며 말
해요. 나의 노랑 장화에 몸을 비비는 저 고양이, 누굴까요?

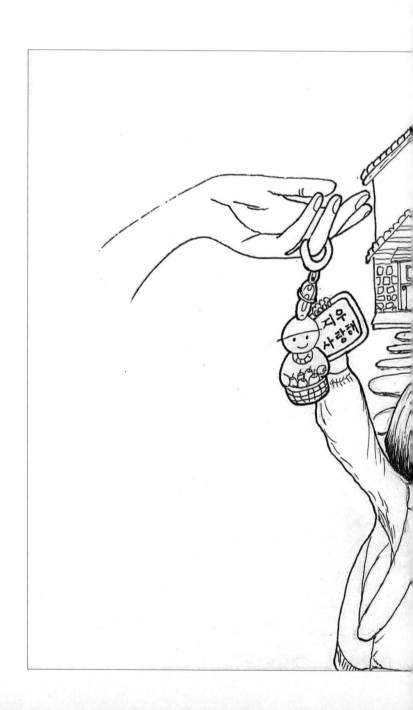

키링(keyRing)

고모가 떠나고

봄바람이 살랑살랑 부는 수요일이다.

아침에는 기분이 좋아질 만큼 따사롭고 포근한 바람이 불었다. 오후가 되면서 겨울바람처럼 쌀쌀하고, 햇볕도 약해졌다. 내 마음이 흔들리는 것처럼 날씨도 흔들리고 있다. 흰 구름이었다가 먹구름이었다가, 바람도 거세졌다가 약해지기를 반복한다. 엄마와 아니, 고모와 통화가 될까?

나는 어릴 때부터 고모를 엄마라고 불렀다. 어떤 이유에서인지 모르겠으나 나에겐 엄마가 없고 늘 고모가 엄마 역할을 했다. 아빠도 고모에게 '엄마!' 하고 부르는 내게 별다른 반응을 보이지 않았다. 하긴 식구들이 그랬다. 그래서 나는 말을 하기 시작하면서부터 고모를 엄마라고 불렀다는 것 외에, 왜 고모에게 엄마라고 하게 됐는지 기억나는 것은 없다.

곰곰 생각해 봤지만, 통화가 된다 해도 엄마는 바쁘다는 말만 하다가 전화를 끊을 것이다. 지난주에도 그랬고, 그 앞주에도 그랬다. 그래서 자꾸 마음이 흔들린다. 엄마는 내가 싫은 걸까? 아니, 이젠 내가 '엄마!' 하고 부르는 것이 불편해진 걸까? 그것도 아니면 이젠 조카로 남기를 바라는 것일까?

우리 집은 언덕 위에 있다. 마을에서 조금 떨어져 있지만 바다가 잘 보인다. 학교에서 나와 해변을 따라 늘어선 집들을 지나면 마을 맨 끝에 오른쪽으로 난 좁은 오솔길이 있다. 이 길을 따라 5분 정도 걷다 보면 우리 집에 도착한다. 좁은 오솔길이라 해도 길의 폭이 넓어서 자동차는 거뜬히 지나갈 수 있다. 오르막길이지만 숨을 몰아쉴 만큼 가파르지 않은 게 좋다. 우리 집에서 시원하게 뚫린 시야로 바다를 마음껏 감상할 수 있다. 저 바다가 모두 내 것이라는 생각이 들었다. 갯바위에 우뚝 서 있는 빨간 등대, 투정쟁이 바람, 시원하게 날아가는 갈매기들, 통통거리는 배의 박자와 출렁, 출렁이는 물결까지 모두.

나는 이 길을 아빠와 함께 걷는 것을 좋아한다. 아니, 좋아했다. 아빠와 함께 걸으며 듣는 파도 소리에서 어떤 묘한 평화를 느꼈다. 파도가 밀려오고 밀려가는 모습을 보며 수면의 위치가 바뀌는 모습을 보는 것도 좋았다. 수평선 위의 음표처럼 갈매기가 날아왔다가 날아가는 걸 보는 즐거움은 나만의 행복이라고 느꼈다. 나는 아빠와 이런저런 이야기를 하다 보면 '나도 아빠처럼 다정한 어른이 되어야지.' 하고 생각할 때도 있고, 아빠에게 내 마음을 털어놓을 수 있어서 좋았다. 지금은 아빠와 걷는 게 불편하다. 아빠에겐 비밀이 생겼다는 것을 나는 직감적으로 알고 있다.

우리 가족이 모두 함께 살고 있을 때는 우리 집이 아주 예뻤다. 사랑스러웠고, 자랑하고 싶었다. 친구들이 놀러 와서 마음대로 떠들고 놀아도 좋았다. 아무도 간섭하지 않았고, 누구도 우리에게 야단치지 않았다. 가끔 간섭하거나 야단치는 존재도 있었다. 예고도 없이 거세게 불어오는 비바람이거나 길고양이가 야옹! 하며 콧노래를 부르고 지나갈 때였다. 날씨가 맑은 날 밤에는 하늘의 별을 헤아리며 미주알고주알 이야기를 주고받는 재미도 있었다. 때론 숲에서 들려오는 풀벌레 소리에 말도 안 되는 시를 지어서 읊기도 했었고, 또 어떤 날에는 느닷없이 태풍 같은 바람이 몰려와 우리의 돗자리를 들고 도망치는 날도 있었다. 그랬음에도 모든 게 행복한 순간들이었다. 친구들, 그중에서도 지영이는 우리 집에 오는 것을 더 좋아했다.

지영이는 나와 어릴 때부터 친하게 지내서 그런지 우리 집을 자기 집처럼 생각했다. 자기 엄마와 다투었을 때나 기분 좋은 일이 있어도 우리 집 마당에 있는 그네에 앉아 이야기하는 것을 좋아했다. 특히 희주 아줌마가 오실 때면 더 자주 와서 지냈다. 이건 이래서 쿵, 저건 저래서 쿵! 했다는 핑계를 대고 자고 가는 날도 많았다. 나와 지영이는 밤바다에서 들려오는 파도 소리와 별을 이야기하거나 바람이 나뭇잎을 연주하는 숲속의 음악을 듣는 것도 좋아했다. 나와 지영이의 이야기는 이리저리 뒹굴며 희주 아줌마를 웃게 했다. 가끔 고모가 희주 아줌마처럼 앉아서 우리 이야기를 듣다가 졸기도 했었다.

지난 4월에 고모가 우리 집을 떠났다. 이제 고모도 결혼할 나이가 되었고, 직장도 다른 도시로 옮겨야 했다. 나는 요즘 들어 짜증을 많이 부리고 있었다. 나의 진짜 엄마가 누구인지도 궁금해졌고, 나는 왜 고모에게 '엄마'라고 부르게 되었는지 알고 싶었다. 그러던 중에 고모가 갑자기 집을 떠난다고 했다. 고모가 없으면 내가 죽을 수도 있다고 협박도 했다. 하지만 고모는 완강했고 벚꽃이 휘날리는 주말에 떠났다. 그리고 남은 건 내 책상 위의 쪽지였다. 마치, 모두 떨어지고 난 뒤 마지막 한 잎 남은 벚꽃처럼 보였다. 쪽지에는 '우리 지우'와 '미안해'가 기차를 탄 듯 나란히 있었다. 기차의 '칙칙, 폭폭'처럼 앞뒤로 연결되어 있었다. 칙칙에는 '우리 지우', 폭폭에는 '미안해'가 기적을 울리며 달리기 시작했고 내 눈물도 뜨겁게 달리고 말았다. 나는 그 쪽지를 들고 아빠에게 달려가 고모에게 어떻게 해보라고 소리를 질렀다. 아빠는 한숨만 쉬었고, 나는 울기만 했다. 그렇게 시간을 보내는 동안 아빠와 나는 조금 멀어진 것 같다.

나는 혼자 걸을 때 멀리 있는 우리 집을 가만히 바라보는 습관이 생겼다. 언덕 위에 있어서 잘 보이기도 했고, 집을 바라보면 따뜻했던 기억들이 내 마음의 온도를 올려주는 것 같아 좋다. 그렇지만 지금은 내 기분을 우울하게 만드는 집이 되었다. 이제 엄마는, 아니 고모는 떠났고 나는 아빠와 단둘이 산다. 여전히 희주 아줌마가 오기는 하지만.
하긴 내가 초등학교에 입학하고부터 고모가 집에 없는 날이 많았다. 며칠씩 집을 비우기도 하고, 어딘가에 다녀온다는 말도 했었다. 내가 학교에 가는 시간보다 고모가 일찍 출근하는 바람에 얼굴을 못 보는 날도 있었다. 지난가을에는 출근도 하지 않았고, 나와 함께 지내는 시간이 많았다. 주말에는 나와 온종일 만들기도 하고 그리기를 하며 지냈다.

"엄마, 요즘은 일 안 해?"

"어, 지금은 일 안 해. 우리 지우 열 번째 생일이 있는 날을 함께 보내고 싶어서 잠시 쉬는 거야."

"내 열 번째 생일이랑 엄마의 일이랑 무슨 관계가 있어?"

"무슨 관계는, 엄마와 조카의 관계지."

"그런 관계도 있어? 그런데 엄마……."

내가 말끝을 흐리며 쳐다보자 '어?' 하고 대답하던 고모의 얼굴이 살짝 어두워졌다.

"엄마는 그냥 내 엄마 하면 안 되나? 굳이 고모라고 해야 해?"

"어떻게 하고 싶어, 우리 지우는?"

"난 그냥 엄마로 부르고 싶어. 내겐 엄마가 있는 것도 아니고."

"지우야, 넌 엄마가 궁금하지 않아?"

나는 고모의 질문에 입꼬리를 살짝 올렸다가 내렸다. 솔직히 내가 생각하는 사람이 엄마가 맞는지 궁금하긴 하다.

난 고개를 두 번 저었다. 고모는 내 표정을 살피며 '응?' 하고 물었지만 난 '그냥 엄마로 부르면 안 돼?' 하고 한 번 더 물었을 뿐이다. 맞은편에 앉아 있던 고모는 나를 껴안으며 말했다.

"고모가 익숙해질 때까지 엄마라고 불러도 돼. 하지만 할머니와 희주 아줌마 앞에서는 안 돼. 쉿!"

그때 고모의 전화기가 울렸다. 고모는 전화를 받으러 현관문을 열고 나갔다. 딸깍! 지금까지 현관문의 닫힘 소리가 그렇게 크게 들린 적도 없었기에 나는 깜짝 놀랐다. 어쩐지 저 문이 엄마와 나를 가로막는 벽이 될 수도 있겠다는 생각이 들었다. 나도 모르게 희주 아줌마가 지내는 닫힌 방문을 바라보았다. 고모가 닫은 현관문처럼 어쩌면 내가 열어야 할 다른 문이 있을 것 같다는 예감이 들었다.

집에 도착하자 아빠의 웃음소리가 유리문을 열고 달려 나왔다. 아빠가 나를 기다렸다가 내 모습을 보고 나오는 줄 알았다. 하지만 아빠의 웃음 뒤에는 호박 넝쿨의 호박처럼 희주 아줌마가 따라 나왔다. 내가 고개를 숙이고 인사를 하는 둥 마는 둥 하며 집으로 들어가려 하자 희주 아줌마가 불렀다.

"지우야, 안녕? 학교 다녀오는 거야?"

나는 왠지 모를 뾰로통함으로 눈을 살짝 흘기며 대답했다.

"그럼, 학생이 학교 다녀오지 어딜 다녀오겠어요?"

"오머! 그래. 학생이 학교에 다녀오는 건 당연한 거지, 그걸 아줌마가 잊었네."

하며 희주 아줌마는 쑥스러운 표정으로 미소 지으며 내 어깨에 손을 얹었다. 나는 신경질적으로 아줌마의 손가락 끝을 꼬집은 후 내 방으로 들어갔다. 그리고 가방을 침대 위에 휙! 던졌다. 4학년이 된 나에게 희주 아줌마가 선물해준 '희주 아줌마 키링'이 내 마음처럼 폴짝 뛰어올랐다가 떨어졌다.

사실, 나는 희주 아줌마가 좋다. 아빠와 오랜 친구이기도 하고 상냥하고 내가 엄마, 아니 고모와 다퉈서 속상할 때 이야기도 들어준 멋진 아줌마다. 외모보다 말이 예뻐서 사랑스러운 사람이 있다는 걸 희주 아줌마를 통해서 알게 되었다, 희주 아줌마는 내가 어린이집이나 유치원을 다닐 때도 우리 집에 자주 왔었다. 고모가 직장 일로 바쁠 때나 아빠가 출장 때문에 집을 비울 때는 나를 돌보러 오곤 했었다. 그때마다 아줌마는 옛날이야기도 해주고 자장가도 불러주었다. 아줌마가 나를 목욕시켜줄 때는 정말 기분이 좋았다. 어쩐지 고모에게서 느낄 수 없던 기분 좋은 촉감이 느껴졌었다. 내 손을 잡고 바닷가를 산책할 때는 '어쩌면 이 아줌마가 진짜 엄마가 아닐까?' 하는 생각이 들기도 했다.

좀 이상했던 건, 희주 아줌마가 오는 날이면 고모가 나에게 '고모' 하고 부르길 바랐다. 평소에는 다른 손님이 와도 엄마였는데, 희주 아줌마가 오는 날에는 특히 더 그랬다.

'지우야, 고모가 도와줄까?' '지우가 고모를 도와주니 수월해졌어.' '지우가 희주 엄마께 과자 좀 드릴래?' '희주 엄마랑 잠시 있어. 고모는 마트 다녀올게.'라는 말을 했다. 좀 이상했지만 어쨌든 고모는 고모였으니까. 할머니가 오실 때는 화도 잘 내지 않는 고모가 화를 내며 '고모! 하라고 했지?' 하며 언성을 높이기도 했다. 솔직히 그때도 우리 집은 좀 이상하다고 생각했고, 희주 아줌마가 오면 기분이 좋기도 했지만 조금 슬프기도 했었다.

아줌마는 나와 놀고 나면 피곤해하고 몸져눕는 날도 있었다. 어딘가 아픈 것 같기도 했고. 아줌마가 아프면 아빠도 덩달아 힘들어했다. 아줌마는 기운 없어 하다가 하얀 얼굴로 돌아갔다. 그래도 나는 희주 아줌마가 우리 집에 오는 게 무척 기다려졌고 아줌마가 오면 기분이 좋았다. 게다가 희주 아줌마랑 함께 웃으며 노는 꿈을 자주 꾸었다. 그런 꿈을 꾸고 나면 기분도 좋고, 나는 행복한 아이라고 생각했다.

그랬던 아줌마가 이젠 싫다. 아무래도 고모가 우리 집을 떠난 것은 희주 아줌마 때문이라는 생각이 든다. 나는 창문에 서서 커튼을 살짝 걷고 두 사람을 훔쳐봤다. 아빠와 아줌마의 웃음이 끊이질 않는다. 속상하다. 저 모습을 보니 괜히 심통이 났다. 나는 마치 행주를 짜듯 커튼을 비틀었다. 흥! 그리고 가방에 달린 '희주 아줌마 키링'을 신경질적으로 잡아당겼지만 내 손만 아팠다.

"지우야, 저녁 먹자."

아빠가 내 방문을 노크한 후 방문을 살짝 열며 말했다. 식탁에는 두 그릇의 밥과 국, 콩나물, 두부조림, 내가 좋아하는 멸치조림과 몇 가지 반찬이 더 차려져 있었다. 나는 부엌을 슬쩍 둘러보았다. 희주 아줌마는 보이지 않았다. 저녁을 먹은 후 나는 아빠의 설거지를 도왔다. 아빠가 설거지통에서 음식물 쓰레기를 모으며 말했다.

"오늘 엄마와, 아니 고모와 통화하는 날이잖아. 얼른 들어가."

나는 아빠의 옆모습을 보며 말했다.

"아빠는 내가 좋아, 희주 아줌마가 좋아?"

아빠가 놀란 얼굴로 물었다.

"그런 질문이 어딨어?"

"묻는 말에 대답해야지. 그렇게 다시 질문하는 게 어딨어!"

내가 짜증스럽게 행주를 싱크대에 던지자 아빠가 내 손을 잡으며 말했다. 아주 차분하게.

"지우야. 고모가 떠나서 속상한 건 알겠는데, 이렇게 짜증 부릴 문제가 아니야. 우리에겐 시간이 필요해. 이제 고모도 결혼해야지. 우리 집에서 너와 아빠 뒷바라지하면서 지내는 건 옳지 않아. 그리고 지금 네가 이렇게 지내는 걸 알면 고모도 힘들지 않겠어?"

"그럼, 고모가 결혼 안 하면 되지. 간단한 거 아냐?"

나의 우격다짐에 아빠는 긴 한숨을 쉬더니 '지우야~' 하며 바람 빠지는 풍선처럼 말에도 힘이 빠지고 있었다. 나는 아빠에게 뜬금없이 물었다.

"그럼, 희주 아줌마는 왜 우리 집에서 지내고 있는 건데?! 이유가 있을 거 아냐. 아빠랑 결혼이라도 할 거야?"

아빠는 짜증 부리는 나를 안으려고 했지만 나는 몸을 돌리며 두어 발 뒤로 물러났다. 아빠는 한숨을 길게 내쉬더니 싱크대로 갔다. 아빠의 말은 수돗물처럼 흘러내렸다.

"지우야, 어른들에게도 말 못할 사정이 있어. 지금은 말 못하지만, 언젠가 할 수 있을 거야, 웃으면서."

"그러니까, 말 못할 사정이 뭔지 지금 말해! 지금 못하는 말을 나중에는 할 수 있다고? 말도 안 돼. 그냥 지금 해. 지금도 웃으면서 말할 수 있잖아! 지금은 왜 안 되는데, 왜?"

날이 선 나의 말에 아빠는 어떤 대꾸도 하지 않았다. 나는 삐죽 나와 있는 식탁 의자를 세게 밀었다. 그때였다. 희주 아줌마의 글썽이는 눈빛과 마주친 것이.

아줌마는 남쪽으로 난 창이 있는 작은 방에서 지내고 있다. 아줌마가 올 때마다 그 방은 아줌마의 방이었다. 늘 청결하게 정돈되어 있다. 내 방으로 가려면 아줌마의 방을 지나가야 한다. 나는 신경질적으로 아줌마 방의 문을 주먹으로 세게 쳤다. 그 바람에 온 집안에 쾅! 하는 소리가 울려 퍼졌다. 곧이어 내 마음도 쾅! 하고 닫혔다.

엄마와, 아니 고모와 통화를 하는 둥 마는 둥 끊고 난 뒤 나는 이불을 뒤집어썼다. 울고 싶었지만 평소에는 그렇게 잘 흐르던 눈물이 오늘따라 흐르지 않았다. 화도 나도 짜증도 났지만 뭐라고 할까, 내가 알지 못하는 어떤 비밀이 내 마음 속에 굳게 닫힌 방문처럼 서 있는 것 같다. 나는 너무 답답했다. 고모도 미안하다는 말만 했다. 도대체 뭐가 미안한 거냐고?

나는 책상에 놓인 물을 벌컥벌컥 마셨다. 더 답답해졌다. 조금 전에 마주쳤던 희주 아줌마의 글썽이는 눈빛이 더 또렷해졌다. 그 맑은 눈에서 하염없이 흐르던 아줌마의 눈물, 그 눈물의 온도가 느껴진 것처럼 뜨거웠던 내 얼굴과 내 눈동자와 내 손가락 사이에 걸리던 무거운 공기. 그 모든 것들이 한꺼번에 몰려와 나는 다시 이불을 뒤집어썼다. 나의 바람과는 달리 마음은 더욱 답답해져서 화장실에 갔다. 차가운 물에 얼굴을 씻었다. 거울에 비친 내 모습을 보다가 흡! 하고 입을 막았다.

희주 아줌마

"아니야. 지우가 화를 내는 건 당연하지. 우리가 벌린 일이니까 내가 모두 수습해야지. 그래, 결혼 준비 잘하고. 강서방에겐 내가 대신 사과한다고 전해줘."

아빠가 긴 한숨을 쉬며 전화를 끊었다. 나는 아빠의 표정을 살폈다. 아빠가 야단이라도 치면 어쩌나 걱정이 되었다. 며칠 전 고모와 통화하면서 바꿔준 예비 고모부께 소리를 질렀기 때문이다.

"왜 고모와 결혼해요? 나랑 살게 내버려 두지!"

고모가 바꿔준 남자의 목소리가 마치 내 편인 한 사람을 억지로 떼어내는 것처럼 느껴졌었다.

"지우야, 희주 고모에게 고모라고 부르기 힘들면 엄마라고 불러도 돼. 우리 잘 지내자."

너무 상냥하고 다정한 목소리였는데 나는 그만 화를 참지 못하고 소리를 질렀다. 떨어지기 일보 직전의 낙엽처럼 내 마음이 흔들리는 걸 느꼈다. 갑자기 추위가 몰려오더니 온몸이 떨렸다. 얼른 방으로 들어가 침대에 누웠다.

지우야, 엄마가 데리러 오셨어. 해님반 선생님이 내 이름을 부르며 하원 준비를 시키셨다. 내가 엄마! 하고 달려가자 희주 아줌마였다. 어? 우리 엄마 아닌데. 아줌마! 우리 엄마는 안 왔어요? 하고 묻자 희주 아줌마가 '오늘은 내가 왔어.'라고 대답했다. 내가 희주 아줌마의 손을 잡고 어린이집을 나오는데, 엄마가 왔다. 내가 엄마에게 달려가자 엄마가 나를 안으며 말했다. '엄마는 저기 있잖아. 나는 고모!' 어? 엄마가 엄마가 아니야? 뭐야, 장난하지 마아! 나는 희주 아줌마에게 오라고 손짓했다. 희주 아줌마가 엄마에게서 나를 받아서 꼬옥 안았다. 아주 따뜻하다고 하자 엄마가 나에게 '우리 지우, 안녕!' 하고 말하더니 모습이 점점 멀어졌다. 나는 희주 아줌마의 품에서 벗어나려고 버둥거렸다. 하지만 그럴수록 엄마의 모습은 점점 작아졌다. 나는 큰 소리로 '엄마!'를 부르며 울었지만, 엄마의 모습은 더 이상 볼 수 없었다.

눈을 뜨자 머리가 지끈거리고 몸은 땀범벅이었다. 꿈이 너무 생생하게 떠올랐다. 어쩌면 내가 이미 알고 있지만 미처 깨닫지 못한 일이 있는 것 같다. 무거운 머리를 만지며 침대에서 일어났다. 바람을 쐴까 하고 창문의 커튼을 걷으려다 말았다. 아빠와 희주 아줌마가 그네에 앉아 이야기를 나누고 있다. 아빠의 손이 희주 아줌마의 어깨를 감싸고 아줌마가 흐느끼는지 어깨가 들썩였다.

나도 모르게 흐르는 눈물을 훔쳤다. 단순히 엄마가 아니고 고모가, 그것도 내 엄마도 아닌 고모가 결혼하는 게 왜 내 슬픔이 된 것인지 모르겠다. 하지만 어른들은 내게는 이야기하지 않고 자기들끼리만 속닥인다. 그냥 이야기해주면 안 되나? 나의 열한 번째 생일도 다가오는데.

지끈거리는 머리를 어떻게 하고 싶었다. 뜨거운 호빵을 반으로 쪼개놓은 듯한 통증으로 시달렸다. 샤워하고 나면 괜찮을 것 같았다. 거울에 샤워기를 갖다 대고 거울 속에 비친 내 얼굴을 바라봤다. 수많은 물방울이 얼굴을 따라 흘렀다. 비처럼 내리는 빗방울 사이로 내 얼굴과 아빠의 얼굴, 그리고…… 아줌마? 나는 머리를 세차게 흔들었다. 무슨 생각인 거야?

나는 얼른 몸을 닦고 옷을 챙겨 입은 후 부엌으로 갔다. 우리 집 부엌에서도 바다는 잘 보인다. 멀리 보이는 바다의 물결을 감상하며 주전자가 바글바글 끓인 물을 부었다. 이번에 희주 아줌마가 사온 코코아 한 봉지를 컵에 부었다. 따뜻한 물속에서 코코아 가루가 녹아가는 모습을 보았다. 투명한 물이 초콜릿색으로 변해갔다. 웃음이 생기고 기분이 조금 좋아졌다. 나는 식탁에 앉아 편안해진 마음으로 코코아를 홀짝이며 마셨다. 몸과 마음이 따뜻하게 데워졌다. 남은 코코아를 호로록 마시고 일어섰다. 조금 전보다 더 따뜻해진 기분과 지끈거리는 머리가 맑아졌다. 그때였다. 무언가가 발에 걸렸다. 나는 천천히 몸을 숙여 그것을 들어 올렸다. 어?

부엌에서 가지고 온 물건을 들어 가만히 들여다봤다. 아빠와 희주 아줌마와 내가 찍은 사진들이었다. 아기 때 사진도 있고 어린이집 졸업 때 사진과 초등학교 입학 기념으로 고모가 찍어 준 사진이었다. 요즘 유행하는 아크릴에 저장된 사진이다. 세 명의 얼굴은 아주 환하고 밝았다. 마치 한 가족처럼. 내건 아닌데, 아빠 건가? 생각했지만 아빠 건 아닌 것 같다. 아빠의 물건이라면 열쇠들이 꽂혀 있어야 했다. 내가 물건을 들고 나가려는데 지금까지 보이지 않던 글자가 보였다.

"나의 우주 지우, 사랑해!"

그 물건을 얼굴 가까이 들고 '나의 우주 지우, 사랑해!'라는 글자를 다시 읽었다. '나의 우주 지우, 사랑해!' 나는 누구의 우주일까? 나는 잠시 망설이다 그 물건을 바지 주머니에 넣었다.

학교 수업을 마치고 며칠째 내 주머니 속에서 지내고 있는 그 물건을 꺼냈다. 하루에도 몇 번이나 나 좀 봐달라며 찔레 찔레, 잉잉댄다. 이렇게 칭얼대는 물건을 꺼내어 만져 본다. 나의 어린 모습들이 나를 보며 웃고 있다. 아니, 세 명의 웃음이 내게 인사를 건네고 있다. 오늘도 즐거운 날이야 ~ 하며. 하지만 나는 모르겠다. 이 물건의 주인이 누구인지. 이 사진들이 무엇을 말하는 건지. 그렇게 물건을 만지며 걷고 있을 때 지영이가 불렀다.

"지우야~ 같이 가."

오늘은 학원에 가지 않아 좋다고 싱글거리며 다가오는 지영이가 괜히 부럽다. 지영이는 내 얼굴을 살피더니 무슨 일 있냐고 물었다. 내가 대답하려는데, 갑자기 '그거 뭐야?' 하며 내 손의 물건을 만지려고 했다. 나는 '아무것도 아니야!' 하며 잽싸게 주머니에 넣으며 대답했다.

"우리 엄마가 결혼해."

"뭐? 네 엄마가 결혼한다고? 그럼, 뭐야. 이젠 지우에게 엄마가 없어지는 거야?!"

"그렇다니까."

내가 발을 질질 끌며 대답하자, 지영이가 말했다.

"근데, 지우야. 지금의 네 엄마는 네 엄마가 아니잖아, 원래부터."

지영이는 나와 고모의 관계를 잘 알고 있다. 나와 절친이기도 하지만 입이 무거워 내 고모가 엄마가 아니라는 걸 아무에게도 말하지 않았다. 지영이도 나처럼 발을 질질 끌며 말했다.

"근데, 좀 속상하네. 고모가 결혼하는 건 좋은 일인데, 왜 나까지 섭섭하고 속상해지는 걸까?"

"나도 그걸 모르겠어. 내가 며칠 전에 고모부랑……."

지영이가 내 말을 새콤달콤한 소떡 꼬치를 베어 물 듯 물었다.

"고모부?"

"그래. 고모랑 결혼하는 사람, 이젠 혼인신고도 했다니까 고모부지."

지영이가 내 말에 고개를 끄덕이며 '그래, 이제 고모부 맞아.' 하며 발끝에 부딪힌 돌멩이를 찼다.

"고모부가 내게 '희주 고모에게 고모라는 말이 안 나오면 엄마라고 불러도 돼.' 하고 아주 상냥하게 말했는데 내가 막 소리쳤어. 왜 고모랑 결혼하냐고. 왜 나한테서 엄마를 뺏어 가냐고. 그래서 우리 집 분위기가 엉망이야. 아빠는 고모와 고모부에게 사과하고, 난 마음이 이렇게 엉망이고. 희주 아줌마도 나와 마주치지 않으려고 애쓰시는 것 같고 웃지도 않으셔. 그래서 속상해."

"그래! 희주 아줌마!"

지영이가 내 팔을 잡으며 말했다.

"희주 아줌마에게 물어보면 되잖아. 이럴 땐 어떻게 하면 좋은지. 왜 이런 기분이 드는지. 희주 아줌마는 네 마음을 잘 알아줄 것 같은데. 너랑 오래도록 알고 지내는 분이니까. 어? 지우야!"

가던 걸음을 멈추고 지영이가 내 팔을 잡고 나를 세웠다. 파도가 몰려오기 전의 그 맑고 투명한 바다의 수면처럼 차분한 표정으로 내 얼굴을 뚫어져라 바라보며 말했다.

"있잖아, 이걸 왜 여태 몰랐지? 희주 아줌마!"

"희주 아줌마가 왜?"

"모르겠어? '희주'라는 이름말이야. 너의 고모와 이름이 똑같잖아! 그리고 이 키링!"

지영이가 내 가방에 달린 키링을 가리켰다. 나는 등에 메고 있던 가방을 앞으로 내리고 무심한 듯 키링을 내려다봤다. 이어서 지영이가 말했다.

"내가 이 키링을 보고 예쁘다고 했잖아. 그때 네가 나한테 한 말이 있어. 이 키링을 희주 아줌마가 직접 그린 그림으로 만든 거라고. 너도 이 키링을 보면서 어떤 비밀이 있는 것 같다고 했잖아! 기억 안 나?"

나는 지영이의 말을 듣고 이 키링을 받은 날을 떠올렸다.

"지우야, 내가 선물하나 해도 될까?"

4학년이 된 지 얼마 안 된 어느 따사로운 날이었다. 희주 아줌마가 나와 함께 그네에 앉아 아줌마가 그린 사과에 관해 이야기를 나누는 중이었다. 사과는 종류도 많고 어떤 사과는 단단한 과육이 특징이고, 어떤 사과는 새콤달콤한 과즙이 특징이라는 그런 이야기. 그러다가 아줌마가 '이 그림은 어때?' 하며 모자를 쓴 남자가 사과 바구니를 들고 있는 그림을 보여주었다. 남자의 표정이 밝고 포근해 보여 매우 인상적이었다.

"어머, 이 그림 너무 따뜻해요. 사과가 바구니에 가득 들어있다니. 이 그림을 받는 사람은 행복할 것 같아요."

그렇게 이야기를 나누다 아줌마가 불쑥 내게 건넨 말이었다. 나는 '선물이요? 좋죠.' 하며 함박웃음을 아줌마에게 내밀었다. 그러자 이 키링이 내게로 왔다. 아줌마가 사과 바구니를 든 아저씨만 단순하게 그린 그림이었다. 나와 아빠에게만 주는 선물이라고 했다. 나는 키링을 가방에 걸면서 아줌마가 해준 말을 생각했다.

"지우야, 어른이 되면 사과할 일이 있어도 사과를 잘 못할 때가 있어. 어릴 때는 어른들이 '사과해야지.' 하면 그냥 사과가 됐거든. 그런데 어른이 되면 자꾸 생각이 많아져서 사과할 시간을 놓쳐. 나는 안 그럴 줄 알았는데, 나도 어쩔 수 없나 봐. 생각이 너무 많아졌어. 이렇게 하면 상대방이 이해해줄까? 저렇게 하면 이해해줄까? 자꾸 내가 상처를 덜 받는 방법으로 사과하려니까 그런 것 같아. 사과하는 사람보다는 사과 받는 사람의 마음이 더 중요하다는 걸 자꾸 잊어. 그래서 사과할 시간도 놓치고 자주 실수하게 돼. 우리 지우는 어른들이 실수했거나 잘못했다고 사과하면 잘 받아줄 수 있을까?"

"그럼요, 저는 사과하면 잘 받아줘요. 친구들이 나에게 미안하다고 하면 이순재 할아버지가 했던 광고처럼 묻지도 따지지도 묻지도 않고 '그래!' 하고 받아줘요. 나도 어른이 되면 실수하거나 잘못할 수 있을 테니까요. 난 누구든지 사과하면 사과도 받고 용서도 할 거예요."

나는 망설이지 않고 대답했다. 그날 이후로 키링은 희주 아줌마가 없을 때 아줌마 대신 나와 이야기를 나누는 상대가 되었다. 그래서 나는 키링을 '희주 아줌마'라고 부른다.

키링을 만지며 생각에 잠겼을 때 지영이가 내 손을 잡아 끌었다. 우리 집으로 가기 전에 지영이네 집이 있다. 지영이는 엄마에게 '엄마! 나 지우네 가요.' 하고 큰 소리로 말한 뒤 나와 함께 걸었다. 나는 지영이와 걷는 동안 '희주'라는 이름을 생각했다. 가방을 다시 메었지만 내 발걸음은 더뎌졌다. 나의 양손은 식은땀으로 축축해졌다. 지영이가 내 손을 잡았다. 걷는 내내 지영이는 내 얼굴을 보면서 싱글거린다. 지영이가 내게 '희주라는 이름말이야.' 하고 말했을 때 밀려왔던 그 감정이 무엇인지 잘 모르겠다. 하지만 뭔가 그 이름에 비밀이 있을 것 같다. '희주 아줌마 키링'과도 연결되어 있을 것 같다.

나는 지영이에게 고모가 집을 떠나기 전에 아빠 심부름으로 아빠 방에 갔을 때 보았던 걸 이야기했다. 책상에 주민등록등본이 있었다고 말했다.

"그게 아빠에게 필요했던 서류였거든. 그냥 무심코 봤는데 아빠와 나 외에 한 사람이 더 있었어. 그 이름이 김희주였어. 뭐, 우리 고모가 가족이라 그런가 보다 생각하면서 아빠한테 말했지, '아빠, 고모가 우리 가족으로 들어 있네.' 하고. 그래서 내가 너한테 물었잖아. 너네도 고모 이름이 등본에 있느냐고."

"그래, 맞다! 네가 그렇게 물어서 나도 엄마에게 물었었지. 그런데 엄마 말로는 우리 가족 외엔 없다고 했어. 우리가 이상하다고 여러 번 이야기 했었잖아. 넌 어땠어? 우리 집에는 없는데 너희 집에는 있는 게 궁금하지 않았어?"

나는 고개를 들어 먼 산봉우리에 걸린 구름이 산 능선을 넘는 걸 보며 말했다.

"나도 궁금했지만, 이걸 물어볼까 말까 어쩌나 하면서 망설였어. 며칠 뒤에 점심을 먹으며 아빠한테 물었어. '근데 아빠. 희주 고모는 나이가 더 많네. 지금 서른여섯인데 서른 여덟이네.' 그랬더니 아빠가 좀 당황한 표정으로 웃더라고."

"그래? 아저씨는 더 이상 말씀이 없으셨어?"

"그랬지. 마침, 그 순간에 희주 아줌마가 집에 오셨거든. 그러고 나서 한 시간 정도 흘렀나? 밖에서 두 사람이 등본을 보면서 이야기를 나누더라고. 그러다가 창문에 서 있는 나와 희주 아줌마 눈이 딱 마주쳤지. 나는 얼른 커튼을 닫았고."

생각해보니 이런 일도 있었다.

희주 아줌마가 우리 집에 오는 날이면 고모와 희주 아줌마가 좀 혼란스러워하긴 했다. 아빠가 '희주야!' 하고 부르면 고모와 희주 아줌마는 동시에 '어?'하고 대답했다. 그러면 아빠는 내 눈치를 보며 아니야 하며 얼버무렸다. 그러고는 마치 드라마의 남자 주인공 코스프레하듯 어깨를 살짝 들어올렸다. 그러면 나는 '아빠는 그런 동작 안 어울려.' 하며 놀렸다.

"고모와 희주 아줌마를 부를 때 나이 많은 고모는 큰 희주, 아줌마는 작은 희주라고 부르면 되잖아."

아니면 희주 1호, 희주 2호는 어때? 하고 내가 말했을 때 아빠는 "무슨 로봇도 아니고."라고 했지만 고모와 희주 아줌마는 "그래도 재밌잖아요. 호호호." 하면서 맞장구를 쳤다.

"지우야. 너는 이상하지 않았어? 난 희주 아줌마가 왜 그렇게 너희 집에 자주 오는지 궁금하긴 했거든. 결혼한 사람도 아니고 친군데 그렇게 자주 올 이유가 없잖아. 그리고 남자 집에 여자가 오는 것도 이상하고. 네가 그랬잖아. 엄마가, 그땐 고모를 엄마라고 불렀으니까. 희주 아줌마가 오면 엄마가 자꾸 '고모라고 해야지.'라고 했다고 했잖아. 왜 그랬을까? 혹시 말이야, 희주 아줌마가 너의 진짜 엄마가 아닐까?"

"에이! 그랬으면 나에게 엄마라고 소개했겠지. 그냥 친구라고 하는 게 맞어? 엄마는 엄만데 말이야."

"그런데 어른들의 세계는 좀 이상한 일이 많거든. 마치 이상한 나라 앨리스처럼. 이렇게 가면 이 길이 나와야 하는 데 엉뚱한 길이 나타난단 말이야. 너무 복잡하게 생각해서 일이 막 꼬여서 잘 풀지도 못하는 것 같아. 혹시, 너희 아빠도 그런 거 아닐까?"

지영이는 탐정이라도 된 듯 말했다. 지영이는 나보다 생일이 6개월이나 빠르다. 그래서일까? 나보다 생각하는 수준이 좀 높은 것 같다. 지영이의 발걸음이 궁금증을 이기지 못하겠다는 듯 빨라졌다. 덩달아 나의 걸음도 빨라졌다. 지영이가 우리 집으로 들어서며 말했다.

"와~ 저 넓은 바다처럼 확 트인 어른들의 세계를 보고 싶어!"

뭔 뚱딴지같은 소린지. 나는 지영의 어깨를 툭 치며 마당으로 밀었다. 마침, 그네에 앉아 책을 보던 희주 아줌마가 책을 내려놓으며 일어났다. 지영이가 씩씩하게 인사했다.

"안녕하세요, 희주 아줌마!"

아줌마가 밝게 웃으며 상냥한 목소리로 말했다.

"지우야, 잘 다녀왔니? 지영이, 오랜만이다."

지영이가 마치 딸처럼 희주 아줌마의 품에 안겼다. '저도 아줌마가 보고 싶었어요.' 하고 말했다. 뭐야? 나는 살짝 입을 삐죽였다. 그때 아빠가 현관문을 열고 나오며 말했다.

"희주야, 키링이 안 보여."

아빠는 우리가 있는 걸 알지 못했던 모양이었다. 나와 지영이를 보며 무언가 들킨 것 같이 허둥댔다. 나는 주머니에서 계속 말을 걸고 있는 물건을 만졌다. 집으로 올라오는 동안에도 계속 쥐고 있어서 손에 땀이 찼지만 한 번도 놓지 않았다. 아빠가 우리 곁으로 다가오며 주머니에서 무언가를 꺼냈다. 희주 아줌마에게 허락받듯 고개를 끄덕인 후 내 손에 올려주었다. 지금 내 주머니에 있는 것과 똑같은 물건이다.

"지우야, 혹시 이렇게 생긴 것 못 봤어?"

나는 주머니 속 물건을 손으로 꽉 쥐었다. 손은 땀으로 흥건하고, 물건은 축축해졌다. 꺼낼까 말까를 잠시 고민했다. 멀리 갯바위에 서 있는 등대를 향해 시선을 돌렸다. 나는 크게 심호흡하고 주머니에서 물건을 꺼냈다.

"지우야!"

희주 아줌마는 달려와 나를 꼭 안았다. 아줌마의 목소리가 촉촉하게 젖었다. 곧 소나기처럼 미안하다는 말이 쏟아졌다.

"미안해, 지우야. 미안해. 미안해. 정말 미안해."

아줌마의 '미안해'가 내 귓가에서 샘이 되어 흘렀다. 아줌마의 목소리에서 천둥과 번개가 한꺼번에 몰아쳤다. 내 어깨도 아줌마의 흐느낌을 따라 이리저리 흔들렸다.

고모가 남긴 쪽지, 부엌에서 화낸 뒤 마주친 아줌마의 눈물, 아줌마의 사과 그림, 사과하는 게 힘들다던 이야기, 아빠의 희주야! 그리고 키링. 이 모든 일이 한꺼번에 몰려와 우르르 쾅쾅! 내 마음에도 천둥 번개가 쳤다. 왈칵, 눈물이 쏟아지고 마음의 둑이 무너졌다.

나는 그제야 '나의 우주 지우, 사랑해!'가 누구의 말인지 알 것 같았다.

커튼을 바꾸고

지우야,

아빠는 나를 나지막한 목소리로 불렀다. 바람이 아빠의 목소리를 타고 바다로 달려가는 것 같았다. 잠시 말을 끊었던 아빠의 목소리에서 바닷물에 뛰어들었다가 나온 듯 축축한 갯내가 났다. 그리고 좀 무거웠다.

"엄마가 너를 낳고 갑자기 아팠어. 병원에서는 얼마나 살수 있을지 모른다는 말만 했지. 너의 출생신고를 마치고 집으로 돌아오면서 엄마가 그랬어. 너를 위해서라도 살고 싶다고. 하지만 엄마의 병은 나날이 심각해지고 있었어. 너는 그만큼 더 사랑스럽고 귀여운 아이로 자랐지. 할머니는 아빠와 엄마가 이혼하길 바랐지만 나는 그럴 수 없었어. 희주 고모가 네가 자라는 동안 엄마 노릇을 하겠다고 우겼어. 생이별도 모자라서 아이를 천애고아로 만들 생각이냐고 할머니께 따지기도 했지. 그 덕분에 엄마와 이혼하지 않고 너를 키울 수 있었어. 그러는 동안 엄마도 점점 좋아지기도 했고. 희망이 보였지."

아빠는 꺼낸 말이 무거운지 바닥에 잠시 내려놓았다가 이었다.

"네가 세 살인지, 네 살인지 기억이 가물가물하는데, 어린이집에 다녀오더니 펑펑 울더라. 늘 고모에게 엄마라고 했던 아이였는데, 나는 왜 엄마가 없냐면서. 네가 며칠을 끙끙 앓았어. 그때부터 엄마가 집에 더 자주 오기 시작했어. 엄마가 너랑 함께 있는 시간을 보낼수록 건강도 더 좋아졌지. 너도 더 밝아졌고."

"엄마가 있는데 왜 내가 고모에게 엄마라고 하는 걸 그냥 뒀어?"

나는 내가 말하는 것인지 아니면 입술이 내 목에서 말을 꺼내는지 알 수 없었다. 내 목소리에도 행군 후 짜지 않은 수건처럼 물기가 흥건했다.

"너에게 희주가 네 엄마라고 말했을 때 네가 그랬어. 희주 고모에게 매달려서 '우리 엄마는 여기 있잖아.' 하고. 그때부터 네가 희주 고모가 고모인 걸 스스로 알 때까지 기다리기로 했어. 하지만 넌 네 엄마도 잘 따랐어. 안 오면 왜 안 오는지 묻기도 하고, 온다고 하면 날짜를 세어가며 기다리곤 했지. 네가 설레며 엄마를 기다리는 모습을 보면서 조금 안심했었어. 하지만 시간이 지나도 너는 '엄마'라는 말을 한 번도 안 했어. 네게도 그럴 이유가 있었나 봐."

나는 아빠의 말에 그냥 눈물만 흘렸다. 눈물은 닦아도 닦아도 흘러내렸다. 지영이도 옆에서 훌쩍였다. 혼잣말처럼 '아줌마가 무척 아프시군요. 몰랐어요.' 하며 울먹이다가 나의 팔에 얼굴을 비비기도 했다.

"미안하다, 지우야. 우린 네가 상처 입는 걸 막기만 하면 된다고 생각했어. 우리도 부모가 처음인지라 잘 몰랐어. 너도 우리처럼 상처를 이겨낼 수 있도록 함께 지냈어야 했는데 그러지 못했어……. 잠시면 될 걸로 생각했었는데, 10년을 훌쩍 넘기고 말았어. 정말 미안하다."

희주 아줌마도 나의 손을 잡고 말했다. '미안해, 지우야.'

라는 아줌마의 말이 마치 '나의 우주 지우야, 사랑해!'처럼
들렸다.

　나는 며칠 동안 학교에 가지 않았다. 될 수 있으면 희주
아줌마와, 아니 진짜 나의 엄마와 부딪히지 않으려고 애
를 썼다. 내 방에는 화장실이 있었기 때문에 굳이 밖에 나
가지 않아도 되었다. 밥도 먹기 싫었다. 솔직히 희주 아
줌마가 문을 두드리며 '여기 둘게.' 하는 목소리를 기다렸
다. 아줌마의 목소리가 사라지면 방문을 열었다. 희주 아줌
마가 차려준 음식을 보면 식욕은 내 마음을 배신하기에 충
분했다.
　나는 방에서 나가지 않는 동안 희주 아줌마, 아니 나의 진
짜 엄마의 말을 되새겼다.

　지우야, 나는 네가 자라는 모습을 매일 보고 싶었어. 하지
만 건강은 자꾸 나빠지고 너를 보러 오는 일이 쉽지 않았어.
물론, 핑계가 맞어. 하지만 난 너를 오래오래 보고 싶었고,
꼭 살아야 했어. 그래서 건강이 좀 좋아질 때마다 집에 왔었
지. 오늘이 마지막일지도 모르는 순간마다 너와 사진을 찍
는 게 내겐 위안이었어. 그 사진이 나를 지탱하는 힘이기도

했고. 그래서 생각해낸 것이 열쇠고리를 만드는 거였어. 이제 우리 지우 나이가 열 살이 되었고, 기념할 만한 날의 사진을 이렇게 아크릴 사진으로 만들었지. 이 사진을 보면서 너와의 추억을 기억하고, 앞으로 무얼 하면서 너와 시간을 보낼지 생각하기도 했어. 내가 지금까지 잘 견딘 것도 우리 지우가 있기 때문이야. 내가 너에게 준 열쇠고리 말이야, 내가 늘 가지고 있던 너에 대한 내 마음이야.

엄마의 '사랑해.'라는 말은 내 마음속에 있는 눈물을 모두 꺼내어 터트리고 말았다. 엄마의 목소리는 꿈속에서 듣는 말처럼 아련했다. 나는 엄마의 말에서 아픔을 느꼈지만, 순순히 이해하긴 싫었다. 그렇게 마음을 다질 때마다 눈앞으로 커지는 말이 있었다. 바로 키링에 새겨져 있던 그 문장. 나의 우주 지우, 사랑해! 이 문장을 손으로 쓱쓱 문질러도 보았지만 지울수록 더 커졌다. 나는 엄마의 말을 새길 때마다 혼잣말로 중얼거렸다.

"아이, 열쇠고리가 뭐야. 좀 세련되게 키링이라고 하면 될 텐데. 진짜 촌시러."

그렇게 투덜거렸지만 난 그 말이 싫지도 않았다. 엄마는 하루에도 몇 번이나 방문을 두드리며 나의 이름을 불렀다.

아빠도 마찬가지였다. 하지만 나는 어떤 대답도 하지 않고 꿋꿋하고 뚝심 있게 용심을 부렸다.

나는 샤워를 할 때마다 내가 보았던 내 모습을 다시 들여다봤다. 그동안 내가 희주 아줌마의 얼굴을 닮았다고 느낀 건 우연이 아니었음을 또 깨달았다. 내가 엄마의 딸이라는 확실한 증거가 저 거울 속에서 울거나 웃었다. 그렇게 이틀이 더 지난 후였다.

며칠이나 학교에 나가지 않자 매일 카톡으로 '학교 안 가?' 하고 묻던 지영이가 결국 찾아왔다.

"너, 학교 안 나올 거야? 애들이 네가 안 나오는 이유를 내게 자꾸 물어서 성가시단 말이야. 짜증 나! 선생님도 자꾸 물으시고."

지영이는 침대 모서리에 걸터앉았다가 뒤로 벌렁 누웠다. 검지를 세워 천정에 동그라미를 그리며 말했다.

"난, 너도 이해가 되고 아줌마도 이해되고 아저씨도 이해가 되고 고모도 이해가 돼. 이상하지? 나는 왜 이해가 될까? 너는 이해되지 않아서 이렇게 마음이 아픈데 말이야."

지영이가 내가 앉은 쪽으로 몸을 돌리며 말했다.

"지우야, 너 혹시 말이야. 진짜 엄마가 있다는 게 속……."

지영이가 줄였던 말을 이어 나가는 듯하더니 '아니다.' 하고 짧게 말을 끊으며 침대에서 일어났다. 성큼성큼 걸어서 창으로 가더니 별안간 커튼을 확 걷었다. 갑자기 방이 환해졌다. 지영이는 커튼을 한쪽으로 민 뒤 창도 열었다. 신선한 공기가 기다렸다는 듯 내 방으로 와당탕탕 몰려왔다.

"우와! 지우야, 오늘따라 바다 풍경이 너무 좋다! 이 좋은 풍경을 커튼으로 가리고 있었으면 답답했을 텐데."

지영은 얼굴을 창밖으로 내밀면서 코를 킁킁거렸다. 바다에서 밀려오는 바람의 짠맛을 맛보는지 혀도 날름 내밀었다. 그러다가 혼잣말로 '아, 좋다! 정말 좋다!' 하며 감탄사를 몇 번 더 말하고는 나를 바라봤다.

"지금의 네 마음에도 이렇게 두꺼운 커튼이 있다면 얼른 걷어내. 희주 엄마에게 닫힌 네 마음의 문도 좀 열어. 화, 알, 짝!"

하며 자기의 두 팔을 양쪽으로 쫙 벌리더니 나를 향해 달려왔다. 침대가 꿀렁이더니 지영이의 모든 체중이 내 몸을 덮쳤다. 순간 숨이 멎는 듯했다.

"케, 켁! 야!"

나는 장난스럽게 지영의 코를 눌렀다. 내가 '돼지코 지영이!' 하고 말하자 지영이는 '가만 안 둬' 하며 내 얼굴을 향해 손을 뻗었다. 나는 몸을 뒤로 힘껏 뺀 뒤 덮고 있던 이불을 지영이에게 휙 던지며 방문을 열었다. 눈이 부셨다. 나는 손으로 얼굴을 가리고 잠시 서 있었다. 내 손으로 며칠 만에 연 방문인지 기억이 나지 않는다.

희주 아줌마, 아니 나의 진짜 엄마는 다시 떠났다. 여전히 나를 남겨두고. 지금은 엄마가 어쩔 수 없이 떠난다는 걸 나는 안다. 그리고 또 나에게 돌아올 것도 안다.

내 방의 어두운 보라색 커튼을 밝은 파란색으로 바꾸었다. 예전에는 고모와 희주 아줌마가 몇 번이나 커튼을 바꾸자고 했었지만 나는 끝내 반대했었다. 두 사람은 약속이나 한 듯 똑같은 말을 했다.

"지우야, 이 커튼 색이 너무 어두워. 보라색 계열이 좋으면 짙은 분홍이나 지금보다 좀 더 밝은 보라색은 어때?"

"이 색깔 이쁘지? 네 방 분위기랑 잘 어울릴 것 같아. 옷도 이런 색깔 있잖아. 응?"

하고 인터넷으로 검색하며 나를 설득하려 했다. 나는 시큰둥한 표정으로 '그냥 놔둬!' 했을 뿐이다. 왜 내 방의 커튼에 그렇게 관심이 많으냐고 핀잔도 주었다. 남의 사생활에 콩 놔라 배 놔라 하는 건 너무 심하다고도 했다. 그랬던 내가 지금은 파란색 커튼으로 바꿨다. 커튼을 바꾸는 건 아빠가 도와주셨고, 그 덕분에 방이 더 환해졌다.

파란 하늘이 내 방으로 성큼 들어왔다.

가방을 앞으로 메었다. 폴짝폴짝 마음이 뛰자 키링도 함께 뛰었다.

*이 작품은 『너를 위한 이야기』(공저)에 수록한 것을 일부 수정했습니다.

이영탁

창원대학교 대학원 국문과에서 박사 과정을 수료했어요.(현대시 전공) 2007년 『경남문학』 시조 부문 신인상, 2018년 동서문학상 소설 입선, 2024년 동서문학상 시 부문 동상을 수상했고, 2023년 강원문화재단·강원특별자치도 창작지원금과 2024년 강원문화재단·강원특별자치도 전문예술인 지원금을 수혜했어요.

지은 책으로 소설집 『꽃내길』, 그림동화전자책 『아직 찾지 못한 이야기』, 동화집 『너를 위한 이야기』(공저), 산문집 『엄마와 함께한 봄날』(공저) 『어른의 기분관리법』(공저) 『소소한 너에게』(공저) 등이 있어요.

이영탁 동화집

다섯 살 꼰대 리온이

1판 1쇄 찍은 날 2024년 12월 6일
1판 1쇄 펴낸 날 2024년 12월 13일

지은이 이영탁
펴낸이 김완준

펴낸곳 모악

출판등록 2016년 1월 21일 제2016-000004호
이메일 moakbooks@daum.net

ISBN 979-11-88071-71-5 73810

값 15,000원

* 이 책의 내용을 재사용하려면 모악의 동의를 받아야 합니다.
* 이 책은 강원특별자치도와 강원문화재단의 후원으로 발간되었습니다.